AF199500

LAST EXIT
RUDOLFSWARTE

wurde in den

Jahren 2016 und 2017 geschrieben.

3. Auflage

Jochen Krieger

Übersetzungen und Erklärungen:

4er-Bim	- Straßenbahn der Linie 4
a Hetz ghobt hom	- Spaß gehabt haben (der Begriff stammt aus den sogenannten Hetzhäusern, in denen Tierkämpfe stattfanden. Dort wurden Hunde, Bären oder Löwen zum Spaß der Leute aufeinander gehetzt. Solche Häuser gab es unter anderem in Graz und in Wien).
a Verkehrte, „Mir kummt glei a Verkehrte aus!"	- Ohrfeige mit dem Handrücken, „Du fängst gleich eine!"
jemandem etwas abluchsen	- durch geschicktes Überreden von jemandem an etwas kommen
am Sand sein	- am Boden sein
Beisl	- Lokal, Spelunke, früher abwertend verwendet, heute ist das Wort nicht mehr negativ besetzt.
biaschtln	- Alkohol in großen

		Mengen trinken, saufen
Bist woam oder wos?	-	Bist du schwul?
Bstodan	-	Bestattung
Bussi, Bussl	-	Küsschen
Deix, Manfred	-	Manfred Deix (22.Februar 1949 – 25. Juni 2016), österreichischer Karikaturist, Grafiker und Cartoonist
derrisch, terrisch	-	schwerhörig
Du derrische Kapön!		Du taube Nuss!
Erdäpflsalot	-	Kartoffelsalat
Es sull dein Schodn net sein, wennst da aunheast wos i da zum Sogn hob.	-	Du wirst es nicht bereuen, wenn du dir anhörst, was ich dir zu sagen habe.
Feitl	-	Taschenmesser
Feuerwehrler	-	Feuerwehrmann/-frau
Fleischhauer	-	Fleischer, Metzger
Funzen	-	unangenehme, dumme Frau
Gendarmerie	-	Die Gendarmerie war in Österreich neben der Polizei bis 2005 für die öffentliche Sicherheit

		zuständig, vom französischen „gens d'armes" – „Menschen mit Waffen"
Gfrast, Pl.: Gfrasta	-	schlimmes Kind
Goschn hoitn	-	Mund halten, sehr abfällig. Das Wort Goscherl wiederum wird, etwa für Kleinkinder, liebevoll verwendet.
Groamat	-	2. Heumahd im Jahr
Gsö	-	Geselle
Häfn	-	Gefängnis
Hehl, einen Hehl daraus machen	-	Verheimlichung, ein Geheimnis daraus machen
Hosn	-	Hasen
Hühnerpfiffal	-	Hühnerkot
Hundertwasser	-	Friedensreich Hundertwasser war ein österreichischer Maler, Architekt und Umweltschützer (15. Dezember 1928 - 19. Februar 2000).
Jausengegner	-	Nach dem 2. Weltkrieg ließen sich Wiener Profiklubs dazu herab,

in die Bundesländer zu fahren, um dort für Essen und Trinken gegen die hiesigen Klubs zu spielen. Doch die Jausengegner entpuppten sich sehr bald als mindestens ebenbürtige Rivalen.

junger Hupfer	- wird für junge Burschen verwendet, leicht abwertend.
kampelt	- gekämmt
Luder	- totes Tier, das zum Anlocken von Raubtieren verwendet wird, für Frauen abwertend verwendet.
Master	- Handwerksmeister
Ö3	- Österreichischer Musiksender
Ö3-Wundertüte	- jährliche Weihnachtsaktion des Musik-Senders Ö3. Alte Mobil-Telefone werden für den guten Zweck gesammelt
Oasch	- Arsch
ohne Genierer sein	- sich für nichts schämen

Olte	- Alte, verächtliches Wort für Frau
Pappenheimer	- Gottfried Heinrich Graf zu Pappenheim, die Entschlossenheit seines Kürassierregiments wurde redensartlich festgehalten: *„Ich kenne meine Pappenheimer!"* Dieser Ausspruch war ursprünglich positiv gemeint. Einer vom Regiment Pappenheimer zu sein, stand damals für unbedingten Mut, Treue und Tapferkeit. Heute ist die Bezeichnung „Pappenheimer" eher mit der augenzwinkernden Einsicht in menschliche Unzulänglichkeiten verbunden.
Reindl	- Bräter, Reine
Schandi	- Gendarmerie-Beamter
Schindluder treiben	- Schindluder ist eine veraltete Bezeichnung für alte oder kranke Tiere, die ihr Gnadenbrot nicht mehr erhalten und stattdessen

		zum Schinder oder Ab-decker gebracht wer-den. Diese Redewen-dung bedeutete also ur-sprünglich: "etwas wie ein altes, krankes, un-nützes Tier zu behan-deln".
Sensn-Seppl	-	Sensenmann, Gevatter Tod
sich in jemanden ver-schauen	-	sich in jemanden ver-lieben
Spritzer, G´spritzter	-	Schorle, alkoholisches Getränk, Mischung aus Soda oder Mineralwas-ser mit Weißwein
Standl	-	Verkaufsstand
Tschecherant	-	Trinker
Tschick, Tschick-Ge-ruch	-	Zigarette, Geruch nach Zigaretten
Wiaschtlsiada	-	Würstchenverkäufer
Zünder	-	Streichhölzer

LAST EXIT

RUDOLFSWARTE

Lektorat: Claudia Krieger

1

Im Westen von Graz steht die Rudolfswarte. Sie ist elf Meter hoch und wurde ursprünglich 1840 errichtet. Diesen Namen hat sie aber erst 1879 erhalten, zu Ehren von Kronprinz Rudolf, dem Sohn des Kaisers Franz Josef dem I.. Die Rudolfswarte steht am Gipfel des Buchkogels, der auf 656 Meter Seehöhe liegt. 2017 wurde sie renoviert und war für lange Zeit für Besucher gesperrt. Dort endet die folgende Geschichte. Aber fangen wir von vorne an.

Füllstoff... Diesen Ausdruck hat der Kiendl früher immer gebraucht, wenn er über einen gewissen Menschenschlag gesprochen hat. Für nichts weiter gut, als dass er mit seinem stumpfsinnigen Konsum das Wirtschaftswachstum ankurbelt. Fressen, scheißen, saufen und die Welt zerstören.

So ein Füllstoff sitzt jetzt in dem Büro, das der Bischof kurz nach 9 Uhr in weiblicher Begleitung betritt. Es ist das Graz-ImMo in der Grazer Innenstadt, in das er gekommen ist, um sich darüber zu informieren, wie es funktioniert, wenn man eine Wohnung direkt von der Vormieterin übernehmen will. Eigentlich sind es zwei Füllstoffe, die dort sitzen. Zwei Damen

Mitte 40, und eine schafft es tatsächlich, Geschäftigkeit und enormen Stress zu vermitteln, trotz Zuckersackerl Schütteln für den Kaffee. Der Bischof ist durchaus ein Menschenfreund, aber manche kann selbst er nicht leiden.

Bei Graz-ImMo kann man sich als angehender Wohnungsmieter noch so richtig, wie in den 80er Jahren üblich, als Bittsteller fühlen. Es ist dieses freundlich Genervte, das dermaßen ungut rüberkommt, das den Bischof so stört. Diese eine Dame, die mit Franz Bischof und der Vormieterin seiner zukünftigen Wohnung spricht, ist so eine typische Mittelschicht-Funzen, wie man sie überall trifft. Eine, bei der das Mitgefühl nur dann ausbricht, wenn Leonardo di Caprio mit der Titanic absäuft. Bei Leonardos Unglück, da kullern die Tränen. Natürlich, wenn es ums eigene Befinden geht, auch dann ist man tief gerührt. Nicht aber, wenn einer wie der Bischof versucht, eine Wohnung zu finden, noch dazu eine günstige. Denn seit seiner Frühpensionierung ist er auf der Suche nach einer Garconniere.

Nicht, dass Ihr jetzt denkt, ich bin neidisch auf den Leonardo. Sicher nicht, ich möchte mit ihm nicht tauschen, und er ganz sicher nicht mit mir. Aber Titanic war halt nur schmalzig, und würden die Unglücksopfer von damals heute nochmals erwachen, sie würden die Macher des Films in ein Schlauchboot setzen und sie in irgendeinem entlegenen Gewässer versenken. Völlig zurecht! Ich habe jedenfalls nach diesem Film lange darüber nachgedacht, wie man die Verantwortlichen verklagen könnte, damit ich meine vergeudete Lebenszeit zurückbekomme oder zumindest ein Schmerzensgeld für diesen Dreck.

Aber weiter mit Bischofs Graz-ImMo-Besuch. Kein großer Gewinn also, der da für diese Immobilien-Menschen rausschaut. Das lassen die beiden Mittelalter-Tussis den Bischof auch spüren. Würden jetzt nur die geschriebenen Worte hier stehen, die die Dame gesagt hat, dann würden die meisten meinen, dass es gar keinen Grund gibt, sich aufzuregen. „Wir melden uns dann bei Ihnen, gell?"

Das war alles, nur *wie* sie es gesagt hat, und dass sie den Satz mit dem „gell?" nochmals wiederholt hat, das kommt dermaßen arrogant über den Schreibtisch, dass sich der Bischof kurz überlegt, das Büro einfach zu verlassen. Der Ton macht die Musik. Wäre da nicht seine Begleiterin, die Vormieterin, die sich so sehr darüber freut, endlich aus dem Mietvertrag rauszukommen. Aber es ist gar kein Mietvertrag oder wenigstens ein Vorvertrag, den diese gestresste ImMo-Person dem Bischof unter die Nase hält. Es ist ein Selbstauskunftsformular. Bischof ist fast froh, so kann er Auskunft geben und noch in Ruhe weitersuchen. Seine jetzige Wohnung kann er sich ja nach seiner Erkrankung und der daraus resultierenden vorübergehenden Frühpensionierung nicht mehr leisten. Er könnte sich die Wohnung leisten, wenn er dann aber in anderen Lebensbereichen einsparen würde. Aber das will er auch wieder nicht. Dann schon lieber bei der Wohnung einschränken. Weil was braucht man schon, wenn man alleine wohnt? Nicht viel, und alles was mehr ist, ist unnötig, und der Bischof mag keine unnötigen Sachen.

Bischof hat sich viele Wohnungen angesehen. Alte, neue, schöne und auch hässliche. Aber eines ist ihm dabei aufgefallen. Der Hundertwasser ist um 20 Jahre zu früh gestorben. Der hat noch richtige Häuser geplant für die Menschen. Der hat die Flachdächer der Hochhäuser mit Grün bedecken lassen. Der hat gewusst: Die Dächer sind nicht nur zum Runterspringen gedacht, auf denen kann man auch leben. Was die Leute heute bauen, ist ja nicht für Menschen geplant, das sind Aufbewahrungsstätten für Scheintote.

Man sieht diese Scheintoten in den Supermärkten Aktionsbier, Fertig-Pizza, Milchprodukte und Zucker kaufen. Nichts wird so sehr subventioniert wie Zucker. Zucker macht süchtig, Zucker macht fett, und Zucker macht kurzzeitig zufrieden, und Zucker macht ganz sicher krank. Wenn die Leute wüssten, was sie ihren Körpern antun, sie würden vor die Supermärkte fahren und dort die Kilo-Packungen „Wiener Zucker" gegen die Schaufensterscheiben schleudern, und die Hauptaktionäre des Herstellers müssten sich wegen Körperverletzung an der gesamten österreichischen Bevölkerung verantworten. Solch einen Dreck verkaufen sie den Leuten. Aber die fressen das, bis Diabetes an die Türe klopft, und dann laufen sie zum Arzt und lassen sich behandeln. Mit Medikamenten von denselben Firmen, von denen sie davor mit deren Lebensmitteln krank gemacht worden sind.

Booooah, mir geht gerade das Geimpfte auf, ich krieg so eine Wut. Aber ich bin jetzt schon wieder ruhig. Ich meine ja nur, die Menschen sind halt dumm, jetzt nicht so vom Wissen her oder gar von der Ausbildung. Denn da stehen ja Akademiker vor einem bei der Supermarktkasse, die sich das grausamste Weizenbrot kaufen und die fettigste Butter, für die die Kühe ihren Eiterbusen in Melkmaschinen stecken mussten und davor vergewaltigt worden sind. Denn ohne Kälber keine Milch. Aber da stehen diese hochgebildeten Leute und schieben sich den ganzen Dreck dann in ihre Verdauungsapparate und wundern sich, dass sie mit 40 schon die schlimmsten körperlichen

Probleme haben und so aussehen, als würden sie jeden Augenblick das Zeitliche segnen. Manchmal tun einem nicht nur die Schweine leid, sondern man denkt auch an die Leute, die das alles essen.

Mit zunehmendem Alter sieht man den Menschen oft ihre Gewohnheiten an, Bierbauch, aufgeschwemmtes Gesicht, oder bei manchen kann man richtig schweineähnliche Gesichtsformen erkennen. Nicht, dass Ihr jetzt denkt, ich will einem Schwein zu nahe treten. Es fällt halt schon auf, und der Mensch hat ja ein anderes Schönheitsideal als die Schweine. Weil für mich sind alle Schweine hübsch, aber nur sehr wenige Menschen. Nur, die Industrie ist ja auch gemein zu diesen Leuten. Sie denkt sich, mit den Gesunden kann man zu wenig verdienen, mit den toten Leuten auch nicht. Aber mit den Kranken, die wehren sich nicht, und nachdem wir sie krank gemacht haben, setzen wir unsere Produkte für die lebenserhaltenden Maßnahmen ein. Die packen uns alles in Plastik ab, sogar Wasser, und diese Deppen da draußen freuen sich auch noch drüber, weil Plastik ja leichter als Glas ist. Aber Plastik ist gut, die Verpackungsindustrie muss schließlich ja auch von etwas leben. Wo käme man da hin, wenn die Leute ihre Sachen in Papier einrollen und dieses vielleicht sogar wiederverwenden würden? Eine Weltwirtschaftskrise gäbe es dann, und die will doch wirklich niemand. Deshalb, brav sein, Hände falten, Goschn halten und Dreck machen als gäbe es kein Morgen.

Früher hat man die Tageszeitung zum Arsch abwischen verwendet, aber habt Ihr das schon einmal mit einem der heutigen Hochglanzmagazine versucht? Schrecklich, kann ich Euch nur sagen.

13

Damals war ja wirklich alles anders. Stellt euch vor, Ihr erzählt Eurer Oma, die 1986 verstorben und 2016 durch ein Wunder wiederauferstanden ist, dass Ihr Euer Telefon im Klo versenkt habt. Was würde die Oma wohl denken? Heute ein tägliches Schauspiel in den österreichischen Toiletten. Dramen sind dadurch ausgebrochen, weil Kevin seine Susan, die eigentlich Susanne heißt, aber Susan klingt einfach viel cooler, fast so cool wie Kevin, aber egal, weil er sie für drei Stunden nicht auf Facebook erreichen konnte. Ganze Beziehungen sind durch solche Klo-Telefondramen schon zu Bruch gegangen. Omas Wählscheibenapparat von 1986 hätte man erst aus der Wandhalterung reißen müssen, um ihn dann durchs Haus zu schleppen und in der Kloschüssel zu versenken. Falls es jemals jemand geschafft hätte, ein ganzes Festnetztelefon durchs Klo zu spülen, dann hätte zumindest der Installateur Arbeit gehabt. Nicht zuletzt ein Grund dafür, dass es damals keine Wirtschaftskrise gegeben hat. Genauso unglaubwürdig wäre es auch gewesen, wenn Ihr der Oma erzählt hättet, dass Ihr Euer Telefon mit Eurer Jean mitgewaschen habt. Und die Ö3-Wundertüte hätte 1986 bei der Post wohl ein ordentliches Chaos ausgelöst.

Aber jetzt wieder zurück zur Geschichte. Ihr kennt mich ja schon ein bisschen und wisst, dass ich ab und zu den Hang habe zum Abschweifen.

Jedenfalls, Burnout haben die Ärzte gesagt, wenn Bischof nicht sofort einen Schritt langsamer durchs Leben schreitet, dass es dann immer schlimmer wird. Der Bischof ist aber wirklich krank, er ist jetzt keiner von denen, die nach drei durchzechten Nächten müde sind und sich dann in Eigendiagnose ein Burnout-Syndrom attestieren. Er will gesund sein, er will arbeiten, weil er seine Arbeit liebt.

Etwas kritisch betrachtet, könnte man auch sagen, bei den Ärzten von heute ist alles Burnout, was sie sich nicht erklären können. Und Bischof hat neben der Schulmedizin noch viele andere Alternativen gesucht. Er ist zum Kundalini-Yoga gegangen und hat so versucht, seine Krankheit in den Griff zu bekommen. Am Ende der letzten Sitzung ist dem Bischof gesagt worden, dass er ein Kribbeln in den Fingern verspüren würde, zum Zeichen für die positive Energie. Und tatsächlich, der Bischof hat sich, von der Einheit zu Hause, den Finger dermaßen in der Autotüre eingeklemmt, dass er richtig froh war, wie das Kribbeln und der Schmerz dann endlich nachgelassen haben. Von da an ist er nicht mehr zum Yoga gegangen, weil es ihm einfach zu gefährlich war.

Gut. Ab jetzt ist also sparen beim Wohnen angesagt. Der Bischof will nämlich im Wirtshaus essen, er will ein paar kleine Ausflüge machen, und er will zu seinen Sturm-Spielen, auch wenn die Spiele dort immer mehr zu Trauerspielen verkommen, und die Zuschaucr bald lieber zu einer Wurzelbehandlung zum Zahnarzt gehen, als ins Liebenauer Stadion.

Aber das alles nur so nebenbei.

Der Bischof füllt also das Selbstauskunftsformular gewissenhaft aus und übergibt es dieser Dame, und während er es ihr über den Tisch reicht, stellt er fest, dass es noch eine zweite Seite des Formulars gibt. Ist das jetzt ein Bausparvertrag oder ein Versicherungsabschluss für eine Krankenvorsorge im Falle eines Atomunfalles gewesen, das er da unterzeichnet hat? Aber noch ehe er nachfragen kann, ist das Formular auch schon verschwunden, und der Bischof hat gerade überhaupt keine Lust, mit der Dame zu diskutieren.

„Wir melden uns dann bei Ihnen!", presst sie hinter ihrem Schreibtisch hervor, und als Bischofs Begleiterin wissen will, wann denn das so in etwa sei, kommt ein nochmaliges „Wir melden uns bei Ihnen!" - wohl als Synonym für „Wie soll ich das wissen, geh mir nicht auf die Nerven und jetzt aber auf Wiederschauen!"

Zum Abschied gelingt ihnen sogar ein Grüßen, dann verlassen der Bischof und seine potentielle Vormieterin genervt, verärgert und frustriert, das Büro.

2

Bischof kommt in seine Wohnung und schaltet den Fernseher ein. Es ist kurz vor „Steiermark heute", das er nicht versäumen will. Sein Essen hat er noch schnell aufgewärmt und das Cola aus dem Kühlschrank wartet auch schon eine Zeit lang darauf, ausgetrunken zu werden. Es macht nicht mehr „Pfffffffffffff", wenn man den Verschluss dreht, es macht „Pff", als Zeichen dafür, dass das schwarze Getränk ausgeraucht ist. Bischof will es trotzdem zum Essen trinken. Die paar Minuten bis zum Start nutzt er noch für eine Dusche und beim Abschalten der Brause hört er schon den Vorspann der „Steiermark heute" - Sendung. Bei diesen Nachrichten muss man schnell sein, sie dauern 20 Minuten, aber nur in den ersten fünf Minuten geht es um die wichtigsten Meldungen. Dann folgen 15 Minuten Kochrezepte, Fremdenverkehrswerbung, Wetter und Veranstaltungstipps. Eigentlich verwunderlich, dass es von einem ganzen Tag nur fünf Minuten berichtenswerte Neuigkeiten aus der Steiermark gibt.

Bischof isst seinen Braten, den er gestern im Wirtshaus bestellt und mit nach Hause genommen hat und trinkt dazu sein abgestandenes Cola. Dann gibt er sich noch die Liveübertragung von einem Champions League Spiel. Gespannt sitzt er mit einer Packung Chips auf seiner Couch.

Irgendwann, noch vor der Halbzeitpause, muss er dann eingeschlafen sein, und erwacht ist er erst, als ihn der Moderator mit einem halbherzigen Torschrei aufgeweckt hat. Fußballspiele, bei denen man neutral zuschaut, und es bis zur Pause noch 0:0 steht, sind gute Einschlafhilfen. Aber in diesem Fall hat es noch vor der Pause das erste Tor gegeben, und das hat Bischofs Schlaf ein wenig gestört. Am liebsten sind ihm deshalb ja die Formel 1-Rennen am Sonntag Nachmittag. Start - super spannend. Die ersten drei Runden - geht noch so irgendwie. Aber ab diesem Zeitpunkt kann man nirgendwo einen besseren Schlaf finden als bei so einem lauwarmen Rennen.

Dass sich die Pharma-Industrie das noch nicht patentieren hat lassen, das wundert mich fast. Da sind sämtliche Beruhigungsmittel von denen gar nichts dagegen. Früher hat es wenigstens noch den Heinz Prüller gegeben, der manchmal völlig grundlos in einen Euphorie-Anfall geraten ist, zum Beispiel in Erinnerung daran, dass genau auf jener Strecke, 1950, der Prinz Birabongse Bhanutej Bhanubhandhu sein erstes Formel 1 Rennen bestritten hat. Da hätte es selbst einen Bären aus dem Winterschlaf gerissen, immer wenn der Prüller Heinzi so los gelegt hat. Ihr wisst vielleicht, von welcher Strecke der Gute gesprochen hat, ja genau, Silverstone, der Große Preis von Großbritannien war das. Aber der Prüller ist ja mittlerweile auch schon in Pension, und wären heute nicht ab und zu die Neckereien zwischen dem Moderator und seinem Co, dann wäre das alles nur noch trostlos, denn selbst das Motorengeräusch ist nicht mehr dasselbe wie früher. Und wie diese Autos früher gerochen haben, gut und giftig, aber das ist jetzt eine Sache, die beim Fernsehen nicht so wirklich zählt.

Bischof hat es geliebt, am Österreichring zu sein, als alles noch so richtig nach Benzin und Gefahr gestunken hat. Als Kind hat Bischof immer das Seitenfenster des kleinen Autos seiner Eltern runter gekurbelt, wenn sie zur Tankstelle gekommen sind. Er hat den Duft von Benzin schon damals geliebt.

Den Jim Clark, Jochen Rindt, Niki Lauda, James Hunt, Gerhard Berger, Ayrton Senna und den Michael Schumacher - alle hat er sie live gesehen. Und heute waren diese Rennen halt nur noch für seine Tiefenentspannung da.

Das Telefon läutet, und Bischofs bester Freund, der Schurl, ist dran. Er will den Bischof dazu überreden, die zweite Halbzeit vom Spiel mit ihm gemeinsam in einem nahegelegenen Lokal anzusehen.

„Warum nicht? Ich habe morgen eh frei!", meint der Bischof leicht ironisch und ganz entspannt, und ein paar Minuten später ist er schon auf dem Weg. 200 Meter weiter befindet sich das Beisl, in dem er schon so oft gegessen und auch ein paar Mal ein Bier getrunken hat.

Der Frühpensionist Bischof hat ja morgen frei, so wie er gestern frei gehabt hat, und wie er übermorgen frei haben wird. Zu seiner eigenen Verwunderung ist damals seinem Antrag auf frühzeitige Pensionierung stattgegeben worden. Er, das Arbeitstier, ist auf einmal ohne Aufgabe gewesen, ohne einen Fixpunkt, sogar ohne Frau, ohne Kinder, ohne Katze, ohne Hund. Da war nichts, was ihn hier halten hätte sollen und es gab auch keinen Grund, wo anders hin zu gehen. Im Internet ist er nach Nepal, nach Indien, nach New

York gereist, aber in Wahrheit war er zu bequem, zu müde oder einfach zu feige, sich wirklich eine Reise zu buchen. Der große Reisende, der ist der Bischof ja sowieso nie gewesen. Ein bisschen Berlin, ein bisschen Wien, einmal in die Schweiz, das hat ihm schon gereicht. Den Antrag auf Pensionierung hat er eher aus Langeweile ausgefüllt, und aus purer Langeweile ist er zur Antragsstelle gegangen und hat ihn dort abgegeben. Das alles in seinem fast zweijährigen Krankenstand.

Jetzt betritt er das Lokal und begrüßt den verkannten Philosophen an der Theke und den treuen Zuhörer neben ihm. Die beiden sind die besten Kunden dort. Der Bischof kann sich gar nicht erinnern, sie einmal nicht hier gesehen zu haben und manchmal, wenn es ihm langweilig ist, hört er ihnen zu, so wie heute, weil der Schurl noch immer nicht da ist. Der Philosoph quatscht so vor sich hin, und der Bischof muss zuhören, ob er will oder nicht.

Philosoph: „Die Lüge nach dem Betrug ist die eigentliche Verletzung. Eine Verletzung, die nicht mehr verheilt. Es ist eine Art des Erwachens, man erwacht aus einem schönen Traum, und man bemerkt, dass man sich selbst belogen hat. Man hat sich belogen, indem man geglaubt hat, dass es endlich eine gute Zeit wird, aber das ist Selbstbetrug, weil nichts wird gut. Die alten Muster holen einen ein, und man erkennt, dass man nur alleine am wenigsten unglücklich ist. Nur alleine kann man sein Leben ertragen, und man hofft, dass es bald zu Ende ist. Doch der Tod ist nicht gnädig, er lässt sich Zeit, oder er schlägt dann zu, wenn man ihn gerade nicht braucht. Er schlägt nicht zu, wenn man am Boden liegt und sich nichts mehr wünscht, als einzuschlafen und nicht mehr aufzuwachen. Der Wunsch bleibt, der Tod lässt auf sich warten, und es scheint, als ob er in irgendeiner Ecke stehen würde und sich ins Fäustchen lacht. Hätte man doch nur den Mut, den Strick zu nehmen und dem ganzen Unglück ein Ende zu setzen. Hätte man doch nur den Mut dazu, sich mit den Rasierklingen die Pulsadern aufzuschneiden. Aber man bleibt am faulen Arsch sitzen und trauert, warum eigentlich? Für echte Gefühle ist ja längst kein Platz mehr, echte Gefühle hat man als Kind. Ein Kind liebt und hasst, es fühlt unendliches Glück, und im nächsten Moment fühlt es sich einsam und verlassen. Diese Gefühle schwinden mit jeder Enttäuschung ein bisschen mehr, und am Ende hinterfragt man, ob das, was man gerade fühlt, wirklich echt ist, oder ob man sich das alles nur einbildet."

Der Zuhörer an der Seite des Philosophen: „Joooo, mei Olte hot mi a valossn. I waß, wos du manst. Und den Hund hot sie a mitgnumman, des Luada!"

Was für ein ungleiches Paar, denkt sich der Bischof, als er die beiden Theken-Sitzer betrachtet. Der eine dürfte ein hochgebildeter Mann um die 70 sein, und der andere, das weiß der Bischof genau, ist Mitte 50 und ein arbeitsloser Mistkübler, also einer, der bei der Müllabfuhr hinten oben steht und die Müllkübel in den LKW entleert. Ein gut bezahlter Job, solange man gesund ist. Aber ab einem gewissen Alter, wenn der Körper nicht mehr so will und einen die Bandscheiben vom vielen Mistkübel Schleppen quälen, dann ist das meistens das Ende der Berufskarriere. Aber nichts gegen Mistkübler, denn es gibt total gescheite Leute unter ihnen, aber der hier gehört halt nicht dazu.

„Warum gibt sich 70 mit 50 ab?", denkt sich der Bischof, während die Kellnerin ihm sein Seidl Bier serviert. Seine Erklärung ist, dass es dem Mann an Zuhörern mangelt, und er deshalb so tief gesunken ist. Es ist ja oft schwierig, wenn man in Pension geht und irgendwann einmal einen wichtigen Posten gehabt hat. Plötzlich hört einem niemand mehr zu, und dann nimmt man dankbar jeden, der einem nur irgendwie sein Gehör schenkt. Dann quält man gerne seine Umwelt und ernennt sich selbst zur Oberaufsichtsbehörde der Siedlung, in der das gefährlichste Verbrechen der letzten 20 Jahre ein Haufen nicht weggeräumter Hundescheiße ist.

Endlich kommt der Schurl daher, in der 76. Spielminute, und der Bischof macht aus seinem Ärger keinen Hehl. Eine viertel Stunde vor Spielende, und der Schurl macht keine Anstalten, sich für seine Verspätung zu entschuldigen.

„Hast du das Spiel danach gemeint, im Asien-Cup?", murrt der Bischof.

„Kinder halt, weißt eh wie das ist, ich hab den Kleinen noch vom Training abgeholt.", versucht der Schurl sich irgendwie aus der Affäre zu ziehen.

„Nein, weiß ich nicht, ich habe ja keine. Zumindest keine von denen ich weiß. Schön, dass so ein Training immer total überraschend kommt.", grantelt der Bischof weiter.

„Die Renate stresst mich im Moment total, kannst mir glauben, ich bin echt froh, dass du Zeit hast, dass ich endlich einmal rauskomme. Dein Bier geht heute auf mich." Der Schurl macht alles andere als ein glückliches Gesicht, aber worauf der Bischof heute Abend ganz sicher keine Lust hat, das ist ein Gespräch über Beziehungsprobleme. Er, der keine Beziehung hat, und das aus gutem Grund, ist alles andere als der ideale Gesprächspartner, wenn es sich um Herzensangelegenheiten handelt. Da fehlt ihm einfach die Geduld dazu. Im Durchschnitt nach drei Minuten Herzschmerz-Erzählungen gibt der Bischof es immer auf, seinem Gesprächspartner zu folgen und wechselt das Thema oder täuscht Hustenanfälle vor. Alles, sogar das Synchronschwimmen im Fernsehen ist für ihn interessanter als sich irgendwelche Eheprobleme anzuhören.

Trotz seines Singledaseins oder gerade deshalb liebt der Bischof die Frauen. Wieso er seit Jahren keine ernsthafte Beziehung mehr gehabt hat, das weiß er selber nicht. Es waren vielleicht einfach zu viele, die ihm imponierten.

„Ich muss mal kurz.", kommt es vom Schurl, und der Bischof nimmt diese Aussage schulterzuckend zur Kenntnis.

Bischof hat schon in der Wartezeit davor begonnen, einen Bierdeckel in tausend kleine Stücke zu zerlegen. Er ist einer, der nicht gerne alleine in einem Lokal sitzt, weil er da immer das Gefühl hat, dass man ihn als Außenseiter sieht. Er mag es auch nicht, dauernd von Leuten angesprochen zu werden, die ihn fragen, ob noch ein Platz bei ihm frei ist. So sitzt er auch jetzt wieder alleine an seinem Tisch mit vier Stühlen, und fühlt sich gar nicht wohl dabei, weil der Schurl einfach nie pünktlich sein kann, oder wie jetzt, wieder eine Ewigkeit auf dem Klo verbringen muss.

Was kann an einem Wirtshaus-Klo so toll sein, dass man sich 20 Minuten darin einsperrt und seine Begleitung, nachdem man eh schon viel zu spät gekommen ist, wieder so lange alleine lässt? Der

Bischof hat da so seine Theorien, vom Sex mit der schönen Unbekannten bis hin zu Krankheiten, über die man nicht gerne spricht. Kommt zu spät, verschwindet, telefoniert zwischendurch immer wieder oder fummelt an seinem Telefon herum, und nur so nebenbei redet er mit dem Bischof. Der wiederum hat sich ja nicht erst einmal geschworen, sich nie mehr irgendwo alleine mit dem Schurl zu treffen.

Das Champions League Spiel ist längst zu Ende, und die Experten im Fernsehen lassen es nun schon die längste Zeit Revue passieren. So lange, dass sich der Bischof wundert, wie viel man über ein Spiel, das 90 Minuten dauert, im Anschluss noch reden kann, und noch mehr wundert er sich, dass der Schurl jetzt schon so lange am Klo ist, dass es überhaupt gar keine vernünftige Erklärung mehr dafür geben kann. Der Bischof versucht, sich über seinen Kumpel nicht zu ärgern, bestellt sich noch ein Seidl und beobachtet die Leute im Lokal. Alle scheinen sie in Gespräche vertieft zu sein, und nichts scheint sie zu stören.

Blasendruck beim Bischof. Er geht Richtung Toilette und will das auch gleich nutzen, um beim Schurl nachzufragen, ob er bei seiner „Sitzung" eingeschlafen ist. Doch zu seiner Überraschung ist das Klo leer. Nichts, nur der Duft von Pissoir Steinen, gepaart mit menschlichen Ausscheidungsgerüchen. Der Schurl - einfach gegangen, ohne sich zu verabschieden? Der Bischof ist jetzt wirklich wütend.
„Was für ein Arschloch der Typ doch ist. Servus hätte dieser Idiot doch wenigstens sagen können", denkt sich Bischof, aber egal. Nie mehr würde er mit diesem Komiker hierher oder sonst irgendwohin gehen. Aber wie hat er überhaupt verschwinden können,

ohne beim Bischof vorbei zu kommen? Darüber denkt er jetzt nach. Da ist ein offenes Fenster im WC. Oder hat sich der Schurl tatsächlich an ihm vorbeigeschlichen, ohne ein Wort?

Schurl hin und Schurl her, der Bischof beschließt, sein Bier auszutrinken und dann gleich noch eines zu bestellen, und dann versucht er, den Schurl anzurufen. Sprachbox. Ein paar Minuten später versucht er es noch einmal, aber wieder ist da nur die Sprachbox.

Nicht einmal einen Fremden würde man so sitzen lassen, höchstens jemanden, auf den man richtig böse ist. Aber so einen Grund hat der Schurl ganz sicher nicht gehabt. Eher hätte der Bischof böse sein können. Er ärgert sich jetzt auch ein bisschen über sich selbst, dass ihm das immer wieder passiert. Warum wird der Bischof das Gefühl nicht los, dass der Schurl mit ihm macht, was er will, und er überlegt sich ernsthaft, ihm die Freundschaft gleich ganz aufzukündigen.

3

Es ist 9 Uhr morgens, ein Donnerstag im Oktober, und der Bischof erwacht mit einem leichten Kater. Vier kleine Bier und so benebelt, dass er überlegt, sich eine Schmerztablette einzuwerfen. Doch dann rafft er sich auf und zerkleinert eine Bio-Zitrone samt Schale, schmeißt noch ein Stück Ingwer in den Mixer, und um die Grausamkeit perfekt zu machen, kommen noch ein paar Zehen Knoblauch hinein. Ein Geheimrezept aus dem www. gegen den Kater am Tag danach. Nebenbei blättert er die beiden großen Tageszeitungen durch und versucht sich so von seinem Getränk abzulenken.

Was für ein unguter Tag doch gestern gewesen ist: sein bester Kumpel, wortlos verschwunden aus dem Lokal, Sturm im österreichischen Cup auswärts gegen einen Regionalligaklub ausgeschieden und zu guter Letzt hat er in den Todesanzeigen gelesen, dass ein alter Schulkollege aus seinem Heimatort gestorben ist.

Ist es wirklich schon soweit? Muss sich der Bischof damit vertraut machen, jetzt öfter solchen Ereignissen beizuwohnen? Ist es wirklich schon so spät? Ich meine, ich bin doch noch um einiges älter als der Bischof, der ja am 12.08.1959 in Eibiswald, also in der Weststeiermark geboren ist, und ich kenne das ja, wenn gleichaltrige Leute plötzlich wegsterben. Da gibt es so eine Fieberkurve. Zwischen der Pubertät und ca. 25, da kann man schon alle paar Jahre ein Kreuzerl über das Klassenfoto machen. Autounfälle, Selbstmorde, Alkoholvergiftungen, im Winter erfroren im Vollsuff, und noch viele andere Gründe für das vorzeitige Ableben. Dann kommt so die Phase bis zirka 50, da beruhigt sich alles, um dann wieder zu kehren. Heftiger als zuvor.

Bei den Klassentreffen wird dann immer seltener über Affären und Streiche aus früheren Tagen gesprochen, viel öfter über Haarausfall, Blasenschwäche, Todesfälle oder die letzte Kur.

Das ist halt der Lauf des Lebens, und wenn die Kinder aus dem Haus sind, so hat man sich früher oft geschworen, dann lässt man es richtig krachen, so mit Harley und eigener Rock Band. Es schaut oft ja auch putzig aus, wenn ein Banker Mitte 50 mit seiner 19-jährigen Freundin am Sonntag mit dem Cabrio über die Landstraßen fährt. Tochter, Enkerl oder doch die Geliebte? Am Schmuck und an der Rocklänge kann man dann erkennen, um welche von den Dreien es sich handelt.

Aber der Bischof hat keine Kinder und auch keine junge Freundin. Andere lassen sich die angegrauten Haare wachsen und gründen eine Band, für die sie in ihrer Büro-Karriere keine Zeit gehabt haben, aber jetzt, Mitte 50, hat man seinen Platz gefunden, und man hat auch ein bisschen mehr Zeit. Die Welt soll endlich erkennen, was für ein wilder Hund man ist, auch wenn man unter der Woche schön brav Sakko trägt und für Gehaltserhöhungen dem Chef besonders tief in den Arsch kriecht. Die Kinder sind aus dem

Haus und die Frau redet kaum noch mit einem, außer sie braucht etwas. Aber aus Gewohnheit und Bequemlichkeit bleibt man zusammen. Scheidung ist ja auch teuer und stressig. Außerdem zeigen die dutzenden Seitensprünge den beiden, dass ja eh nichts Besseres nachkommt.

„Da Schurl", sagt der Bischof zu sich selbst, weil er gerade wieder an den Schurl denkt, weil ihm das Ganze wieder einfällt, den Schurl will er jetzt gleich anrufen, aber als er merkt, dass dem sein Telefon noch immer ausgeschaltet ist, denkt der Bischof kurz daran, dessen Frau Renate anzurufen, aber er will ihr nicht zeigen, wie verärgert er über ihren Mann ist und lässt es dann doch besser sein. Stattdessen beschließt er, auf den Kaiser Josef Markt zu gehen, um sich dort schon für das Wochenende mit Essen einzudecken. Er, der gelernte Koch, der das Kochen eigentlich gar nicht mag, will an diesem Wochenende kochen und den teuren Wirtshausbesuch einmal ausfallen lassen.

Der Bischof schlendert über den Dietrichsteinplatz, macht einen Umweg über die Sparbersbachgasse und geht bei seinem Wirt vorbei - um direkt davor das parkende Auto vom Schurl zu sehen. „War der gestern total besoffen, als er hierher gefahren ist?" Seit seiner Frühpensionierung hat der Bischof einen leichten Hang zu Selbstgesprächen.

Aber er kennt den Schurl. Seinen Sohn würde der niemals betrunken chauffieren. Er hat ja behauptet, ihn vom Training abgeholt zu haben. Niemals würde der das mit Alkohol im Blut machen. Der Bischof geht jetzt kurz ins Lokal, wo der Wirt gerade das frische Gemüse in die Küche trägt, und fragt ihn, wann er denn den Schurl das letzte Mal gesehen hat. Die Erinnerungen des Wirts und seine waren gleich. Wieso fährt der Schurl überhaupt mit dem Auto zum Lokal, wo er doch in St. Peter wohnt und locker zu Fuß herkommen hätte können? Er hat doch gewusst, dass sie zusammen etwas trinken würden. Auch ein Strafzettel klemmt schon hinter dem Scheibenwischer.

„Das ist aber gar nicht Schurl-typisch", denkt sich der Bischof und geht nachdenklich weiter zum Kaiser Josef Markt. Am Nachmittag will er Schurls Frau, die Renate, anrufen, falls er ihn bis dahin noch immer nicht am Telefon erreicht hat.

Der Bischof überquert den Bauernmarkt, besucht einige Standln und kauft Gemüse, Obst und Fleisch.

Obwohl ihn sein Kollege, der Kiendl, der ja nach einem Kriminalfall in der Oststeiermark zum Vegetarier geworden ist, immer wieder dafür schimpft. Der Bischof will Fleisch essen, davon kann ihn auch ein Kiendl nicht abhalten. „Leichenfresser!", hat der Kiendl einmal zum Bischof gesagt, nachdem der ihn gerade wütend gemacht hat.

Gestritten haben die beiden eigentlich selten, aber wenn, dann sind schon auch solche Ausdrücke gefallen. „Körndlfresser! Du frisst meinem Essen das Futter weg." Bischofs Konter wäre vielleicht noch in den 70er Jahren ein Schenkelklopfer-Witz gewesen, aber so Mitte der 10er Jahre, da lockt man mit solchen Aussagen niemandem mehr ein müdes Lächeln aus dem Gesicht.

Der Kiendl hat da immer ein bisschen triumphierend auf den Bischof hinunter geblickt, aber im Prinzip hat die beiden eine kollegiale Freundschaft verbunden, die angehalten hat, auch nachdem der Bischof in Pension gegangen ist.

Da kommt dem Bischof ein junger, ausgeflippter Typ entgegen. Auf seiner Schulter eine Art Ghettoblaster, aus dem Musik mit einem „tiefsinnigen" Text ertönt. Der Bischof muss hinhören, ob er will oder nicht, denn das Ding schallt über den ganzen Kaiser Josef Platz. Der Typ kommt sich so richtig cool dabei vor.

Der Text geht so:

„Sie war der 1. Preis.
So heiß.
Sie ist so very nice.
Ich erzähl euch jetzt keinen Scheiß.
Wenn sie mit ihren Hüften wippt,
dann bin ich total verliebt.
Sie hat meinen Geist berührt,
und in der Nacht hat sie mich verführt."

Der Bischof ist leicht verärgert und in Versuchung, sich mit der Hand auf die Stirn zu klopfen, aber dann lässt er es sein und meint stattdessen: „Die Wöd steht nimma laung.", als er plötzlich vertraute Musik aus einer anderen Richtung hört:

„Schurli hin, Schurli her, mochts Ihr an des Leben schwer...", tönt es aus einem vorbeifahrenden Auto, und der Bischof riecht etwas, das er schon fast vergessen hat. Ein Duft aus alten Zeiten, der aus diesem Auto kommt.

Er dreht sich um und wundert sich. Ein altes Lied vom Georg Danzer aus so einem getunten Auto, und der Typ darin scheint extra langsam an ihm vorbeizufahren. Dabei schaut er ihn schnurgerade an, und seine Blicke lassen nicht mehr vom Bischof ab.

Diese Begegnung bringt den Bischof zum Nachdenken. So ein junger Autofreak hört in seiner Prolo-Schüssel den guten alten Danzer, das passt irgendwie überhaupt nicht zusammen. Da hätte man eher ein rhythmisches „Bummm, Bummm, Bummm!!!" er-

30

wartet, als den melodischen Gesang von Danzers „Ihr kennts mi!".

Der Bischof wählt wieder die Nummer von seinem Kumpel Schurl, als er an der Ampel steht, weil es für die Fußgänger Rot ist. Da, schon wieder dieser Typ. Er fixiert den Bischof und man hört noch immer Danzers Lied. Oder besser schon wieder.

„Zerst die Lehrer, dann die Master und die Gsön und ihre Gfrasta und dann das schöne Militär, Schurli hin, Schurli her.". Nun schaut der Bischof dem Typen in seiner Sport-Karre ebenfalls in die Augen. Ganz langsam fährt der wieder am Bischof vorbei und starrt ihn an, nur ein Paar Mini-Boxhandschuhe am Rückspiegel, die im Takt hin und her schwenken, stören den Blickkontakt, und dann wirft er etwas aus dem Autofenster, als er genau auf Bischofs Höhe ist.

Eine Zündholzschachtel, ein Werbegeschenk. Bischof hebt die Schachtel auf und sieht sie sich näher an, und er erkennt die Werbung für eine Pension darauf, aus Tuzla, Bosnien-Herzegowina. Dieser Duft dazu, als ob der Typ das ganze Auto darin gebadet hätte. Woran erinnert ihn dieser Geruch bloß? Ein Duft aus alten Tagen, nur zuordnen kann der Bischof ihn jetzt nicht mehr genau.

Bischof denkt sich, dass der Typ, der da so protzig mit seinem Prolo-Schlitten durch Graz fährt, wohl das Ergebnis von einem österreichisch-bosnischen Aufeinandertreffen sein muss. Anders kann er sich die Danzer-Musik nicht erklären, und der Schurl am Telefon ist wieder einmal nur dessen Sprachbox-Stimme. Es reicht dem Bischof jetzt, er will Renate, Schurls Ehefrau, anrufen, und sie fragen, was mit seinem Kumpel los ist. Renate hebt ab, und Bischof weiß sofort, dass da etwas nicht stimmt. Ihre

Stimme klingt verweint. Sie muss vor kurzer Zeit ganz viele Tränen vergossen haben.

„Du Renate, ich vermisse den Schurl seit gestern Abend, als wir uns beim Wirt getroffen haben. Was ist los mit ihm?"

„Ich kann jetzt nicht reden", antwortet die Renate, „ich kann dir nur so viel sagen, es ist aus zwischen ihm und mir. Ich ziehe morgen mit unserem Sohn zu meinen Eltern."

Der Bischof will nicht indiskret sein, dieses Wissen ist ihm fast schon zu viel. Eigentlich will er nur wissen, wo der Schurl jetzt ist und ob es ihm gut geht, und sonst weiter nichts.

„Du, ich weiß nicht, wo er ist, er ist gestern nicht nach Hause gekommen. Das war aber jetzt schon ein paar Mal so. Also mach dir keine Sorgen, der taucht schon wieder auf."

Bischof: „Bist du sicher? Dass er nicht zuverlässig ist, das weiß ich ja, aber dass er einfach verschwindet, das hätte ich mir nie gedacht. Gestern ist er aus dem Lokal, in dem wir waren, einfach abgehaut, also ich finde, das passt so gar nicht zu ihm."

Renate: „Ja, das ist eigenartig, aber entschuldige mich bitte, ich habe jetzt leider meinen Kopf mit unseren Sachen voll. Ich muss schauen, wie ich mit Johannes über die Runden komme als alleinerziehende Mutter, das ist jetzt mein Hauptproblem."

Bischof: „Aber hast du gar keinen Verdacht, wo er sein könnte? Wenn er eh schon öfter weg war, wo war er da in dieser Zeit, oder redet ihr gar nicht mehr über solche Sachen?"

Renate: „Bischof, noch einmal, es tut mir echt leid, aber der Schurl hat so viel Unglück über unsere Familie gebracht, mir ist das mittlerweile total egal was er macht. Du kannst dir gar nicht vorstellen, was der alles angerichtet hat."

Und die Renate bricht wieder in Tränen aus und beendet grußlos das Telefongespräch.

Der Bischof ist jetzt ziemlich beunruhigt. „Was war da los?" Dass sich Erwachsene trennen, das soll ja vorkommen, dass es einem Teil egal ist, was der andere macht, ebenfalls. Aber hier hat sich doch eine kleine Tragödie abgespielt. Eine, von der er überhaupt nichts mitbekommen hat. Der Schurl hat ihm nie irgendetwas gesagt.

Also, ihr kennt den Bischof ja mittlerweile auch schon etwas besser. Er ist jetzt keiner, der sich in persönliche Dinge von anderen Leuten einmischt, außer es wird jemand umgebracht – und viel persönlicher geht es ja wohl kaum. Aber der Schurl, der ist ein Freund von ihm, und deshalb ist der Bischof jetzt in Sorge. Auf der anderen Seite ist der Schurl erwachsen und das nicht erst seit gestern. Der wird also schon wissen, was er tut.

Bischof verbringt den Abend wieder einmal alleine zu Hause und richtet sich eine Kleinigkeit zu essen, damit er die steirischen Nachrichten im Fernsehen so richtig genießen kann.

Die Schlagzeile des Tages, die ihn als alten Fußballfan nicht kalt lässt, ist die, dass ein riesiger Manipulations-Skandal in der österreichischen Bundesliga aufgeflogen ist. Viele Spieler sind in diesen Fall verwickelt, die als Akteure Spiele am Spielfeld manipuliert haben. Da ist ein Haufen Geld verdient worden und oft auch verloren. Spielernamen sind noch keine genannt worden, aber betroffene Vereine sehr wohl. Auch in seinem Verein, also Sturm, soll es Manipulationsvorwürfe gegeben haben. Das macht den Bischof jetzt wütend, so sehr, dass er kurzzeitig daran denkt, seine Dauerkarte morgen gleich im Sturm-Sekretariat abzugeben. Aber ohne Sturm wäre das Leben halt nur halb so spannend, und deshalb verwirft er den Gedanken auch gleich wieder.

Seine Wut auf die einzelnen Spieler aber bleibt. Es ist die Rede von einer großen Wettmafia, die die Spieler zuerst mit Geld gelockt und später dann erpresst haben soll. Einmal ein Spiel „geschoben", dann kommt man aus diesem Schlamassel nicht mehr raus, außer man geht zur Polizei und macht eine Selbstanzeige. Das würde eine lange Sperre mit sich bringen, aber immerhin wären das dann wohl mildernde Umstände vorm Strafrichter.

Jedenfalls geht das im Stundentakt mit den Meldungen. Ständig neue Gerüchte, Verhaftungen, und ein betroffener Spieler begeht sogar Selbstmord. Das ist allerdings ein Wiener, der hat mit den Spielen von Sturm nichts zu tun.

Ganz Mitteleuropa bis hin zum Balkan scheint in den Fängen dieser Mafia zu sein. Von Jugend-Spielen über Regionalligaklubs bis hinauf in die höchste Spielklasse. Diese eine Spielsaison hätte eigentlich in Österreich annulliert werden müssen, so viele Spiele sind davon betroffen gewesen. Die Bundesliga hat sich aber geweigert, denn es ist der selbsternannte österreichische Rekordmeister zum Meister gekürt worden, und da dieser in Wien zu Hause ist, und der Sitz des mächtigen Bundesliga-Vorstandes auch, schweigt man lieber zu diesem Thema, und der Schummel-Rekordmeister darf noch einen Meistertitel dazu addieren, aber eh schon egal. Weil dieser Verein hat ja auch fleißig Meistertitel gesammelt, als es damals, vor sehr langer Zeit, nur eine Wiener Liga gegeben hat, so wie es damals halt auch eine Steirische Liga oder eine Oberösterreichische Liga gegeben hat. Die Titel aus Wien sind aber brav als Österreichische Meistertitel gefeiert worden.

Erst nach dem Krieg, als die Wiener in den Bundesländern immer öfter peinliche Niederlagen zugefügt bekommen haben, von den sogenannten „Jausengegnern", haben sie nachgeben müssen und eine gesamtösterreichische Liga ist entstanden. Die davor geholten Meistertitel sind den Wienern aber bis heute geblieben.

Das ist halt der Unterschied zwischen den Steirern und den Wienern. Der Steirer würde solche Meistertitel verschämt zurückgeben, während sich der Wiener mit solchen Sachen auch noch brüstet. „Ohne Genierer", sagen die Leute in der Steiermark zu so etwas.

4

Tiiiing, Tiiiiiing, Tiiiiing, Tiiiing, Tiiiing, Tiii-ing! So läuten die Glocken der Aufbahrungshalle, wenn dort jemand begraben wird. Es ist die Gemein-de, wo der Bischof herkommt, in der Südsteiermark. Wenn man ein gewisses Alter erreicht hat, dann muss man schon öfter seinen schönen, schwarzen Anzug aus dem Kasten holen. Begräbnis-Tag im Dorf.

Eigentlich wollte der Bischof gar nicht in die Süd-steiermark fahren, in den Nachbarort von Eibiswald, nach Oberhaag. Aber er hat sich dann doch aufge-rafft, weil der Schurl in diesem Ort geboren worden ist, und dort hat er auch sehr lange Zeit gelebt, bis zu dem Tag, an dem er die Renate geheiratet hat, und die war aus Feldkirchen bei Graz. Der Einfachheit halber hat der Schurl damals seine Heimat verlassen, weil gearbeitet hat er ja auch da schon in Graz. Aber bis heute hat der Schurl noch ganz viele Freunde in Oberhaag und Eibiswald, und der, den sie heute dort begraben, der war auch ein guter Bekannter von ihm.

Wie Ihr seht, ist dem Bischof also eigentlich gar nichts anderes übriggeblieben, als nach Oberhaag zu diesem Begräbnis zu fahren. Dort, wo sich die Men-schen noch kennen und sich meistens sogar grüßen, und manchmal mögen sie sich auch. Ich habe ja schon mehrmals erwähnt, dass der Bischof ursprünglich aus der Südsteiermark kommt, obwohl dort, wo er geboren ist, in Eibiswald, schon wieder die Weststeiermark ist. Dort, wo sie gerne Wein trinken, aber natürlich auch Bier und Schnaps. Da unterscheidet sich die Weststeiermark von der Südsteiermark kaum. Aber das ist ja nicht nur in der Steiermark so.

Den Bischof hat das allerdings nie so interessiert, obwohl seine Großmutter ja dieses Landgasthaus gehabt hat, in dem der kleine Bischof schon immer zu den Großen aufgesehen hat. Viele Jahre ist es her, und wenn er noch manchmal in dieses Dorf zurück muss, dann denkt er an das Wirtshaus und den Geruch von den Schnitzeln und Hendln. Paniert mussten sie sein und ein Afri-Cola dazu und natürlich Pommes Frites. Da glaubst du als Kleiner, dass du ein ganz Großer bist. Aber diese Zeiten sind längst vorbei, und heute fährt er nur noch hin, wenn ein ehemaliger Bekannter stirbt.

Zu Allerheiligen war es immer das große Geschäft, weil das Wirtshaus direkt neben dem Friedhof gewesen ist - der Friedhof auf dem Bischofs Oma heute liegt. Zu Allerheiligen hat er als Bub für die Oma Berliner-Schnitten verkauft, die es damals übrigens noch offen gegeben hat.

Er hat seine Oma wirklich gerne gehabt, und dass sie dann gerade einmal 100 Meter weiter von ihrem Haus im Grab liegt, das war für ihn ein seltsamer Gedanke.

In diesem Wirtshaus hat es die meisten Leichenschmäuse gegeben und da war immer ein riesiger Rummel. Weil gegessen und getrunken haben die Leute schon immer gerne, ob jetzt zu einem traurigen

Anlass oder zu einer Hochzeit, das war immer schon egal. Aber davon habe ich Euch ja schon beim letzten Mal ausführlich erzählt.

Der „Wilde Westen" hat man früher gesagt, aber eigentlich, das könnt Ihr mir jetzt glauben oder nicht, hätte es der Wilde Süden heißen müssen. So viele Leute, wie da unten durch Unfälle und eigenartige Vorfälle gestorben sind, und das nur in dem kleinen Dorf, aus dem der Bischof kommt. Allein darüber hätte man schon ein eigenes Buch schreiben können. Die Wirtshausschlägereien, bei denen Leute zu Tode gekommen sind, erst gar nicht eingerechnet. Der Bischof hat das als Knirps in den 60er Jahren alles mitbekommen. Die Gendarmerie ist nur gerufen worden, wenn die Leute wirklich schwer verletzt gewesen sind, sprich Nierenstich oder Schlimmeres. Rettung oder so etwas hat es in dem Dorf auch nicht gegeben. Die haben schon einige Kilometer anreisen müssen, und so sind die Leute halt oft verblutet oder an relativ harmlosen Sachen gestorben.

Der Bischof ist ja schon als Kind ein genauer Beobachter gewesen, und er hat den Großen in Omas Wirtshaus immer aufmerksam zugehört. Passiert ist dort ja öfter was, denn wenn schon niemand umgebracht worden ist, Verkehrsunfälle und Unfälle in der Landwirtschaft hat es regelmäßig gegeben. Da ist einem am Sonntag nach der Kirche nicht fad geworden. Da hat es immer etwas zu reden gegeben, und unter der Woche hat man sich dann manchmal am Friedhof zu den Begräbnissen von denen getroffen, über die man sich am Sonntag noch ganz angeregt unterhalten hat.

Die Mutter vom Bischof hat ihm ja manchmal erzählt, was da drüben auf dem Friedhof so los war, wenn wieder einmal jemand umgekommen ist, und oft hat niemand so genau gewusst, wie. Damals ist das so gewesen, und das bis in die 80er Jahre, dass die Gerichtsmediziner für Obduktionen ins Dorf gekommen sind. Der Bischof kann sich da auch noch genau daran erinnern, wie ein Nachbar ermordet wurde, dem der Schädel mit einem Amboss eingeschlagen worden ist, und erst ein paar Tage später, es war Hochsommer, hat man ihn entdeckt. Da sind die Mediziner angereist, haben die Leiche untersucht und sind dann in voller Arbeitsmontur zu Bischofs Oma Mittagessen gegangen. Heute gibt es das nicht mehr, heute kommen die Leichen zum Arzt und nicht umgekehrt.

Den Bischof hat diese Zeit sehr geprägt. Die vielen ungeklärten Vorkommnisse in seiner südsteirischen Heimat sind wohl hauptverantwortlich dafür, dass er später Polizist geworden ist.

Sein Vater ist einer gewesen, der hat Geschichten erzählen können, da war der Münchhausen ein Mäusefurz dagegen. Aber, wenn du so ein kleiner Mensch bist, dann glaubst du natürlich, was der große Mensch da von sich gibt. Dann bist du beeindruckt von dessen wahnsinnigen Geschichten - auch wenn sie oft nur aus purer Bösartigkeit erzählt worden sind. Denn, eines müsst ihr schon wissen, beim Bischofs Vater seinen Geschichten war es so wie in diesen Fernsehkrimis. Einer war ganz bestimmt der Böse.

Böse meine ich jetzt nicht im herkömmlichen Sinn, gewalttätig oder ähnliches, nein,- dem wurden einfach Charakterschwächen angedichtet, und wenn das alles nichts geholfen hat, und die Leute zu wenig beeindruckt waren, dann war dieser beschriebene Mensch zumindest faul, dumm oder sonst etwas Verwerfliches. Heute würde man wahrscheinlich sagen, dass er seine Frau und seine Kinder schlägt, aber das hat damals nicht als verwerflich gegolten, das hat noch bis in die 80er Jahre zum guten Ton gehört. Und Bischofs Vater, der war sehr bemüht um den guten Ton.

Der Bischof hat ja sein Heimatdorf gemieden, wann und wo es nur gegangen ist, oder wie die Alten so gesagt haben, wie der Teufel das Weihwasser. Aber so einmal im Jahr oder vielleicht alle zwei Jahre haben ihn Umstände gezwungen, dorthin zu fahren. Meistens, wie schon erwähnt, ein Begräbnis und manchmal ein runder Geburtstag. Diesmal war es eben ein alter Schulkollege, der in einem Silo an einer CO_2-Vergiftung verstorben sein soll. Die Leute haben ja gemeint, dass er das absichtlich gemacht hat, und dass das bei so einer Frau zu Hause wirklich kein Wunder ist. Da kann es einem wirklich niemand verübeln, wenn man sich für ein Nickerchen in den Futtersilo legt und dann aus seinem Schlaf nicht mehr erwacht.

Der Bischof hat ja die Bösartigkeit der Leute gekannt und auf solche Rufmorde nicht reagiert. Die Tratschereien sind einer der Hauptgründe gewesen, warum er damals von dort weg gegangen ist. Und obwohl er jetzt schon so viele Jahrzehnte weg war aus dem Dorf, daran hat sich wohl noch immer nichts geändert.

Als Junger hat er noch ab und zu so sein wollen wie die Leute dort. Es ist ihm aber nicht gelungen, auch nur ein bisschen dazu zu gehören. Und die paar jungen Leute, die ebenfalls anders waren, da hat er dann auch wieder nicht dazu gepasst. Das war Bischofs Schicksal, und ein bisschen muss man ihm schon vorwerfen, dass er auch selber schuld daran war. Er ist kein bürgerliches Kind gewesen, kein Bauernkind und von diesen Mittelschichtkindern war er auch nie ein Freund. Sein Vater hat ihn immer wieder als etwas zurückgeblieben bezeichnet, weil er als Kind einmal von einem Betrunkenen fallen gelassen worden und genau mit dem Kopf aufgeschlagen ist. Aber das mit dem Zurückgebliebensein war natürlich ein Blödsinn, eine geistige Ausgeburt des Vaters, der alles versucht hat, andere schlecht zu machen, wahrscheinlich nur deshalb, weil er sich dann selbst ein bisschen besser gefühlt hat. So ist das gewesen. Das alles ist schon lange her, und jetzt, wo der Bischof einen Bekannten auf dessen Begräbnis besucht, denkt er wieder daran.

Er versucht, Leute zu erkennen. Zumindest alle diejenigen, die älter als 40 sind. Denn vor fast 40 Jahren ist der Bischof raus aus dem Dorf und nur dann wiedergekehrt, wenn es die Gesellschaft von ihm irgendwie verlangt hat. Aber die meisten bleiben ihm fremd.

Als der Bischof nach dem Begräbnis den Friedhof verlassen will, denkt er weiter an seine Kinderzeit. Doch seine Gedanken werden plötzlich unterbrochen.

„Bischouf, he Bischouf!", schreit da jemand hinter ihm im tiefsten steirischen Dialekt. Bischof versucht, die Rufe dezent zu überhören, aber so ein alter Südsteirer, der kann schon aufdringlich werden, wenn er sich etwas in den Kopf gesetzt hat.

„Bischouf! Wort amoul!" Der Gerufene dreht sich um und sieht einen kleinen, alten Mann auf sich zueilen. Er erkennt ihn als einen Gesellen aus seiner Lehrzeit, einer der unsympathischsten Menschen, die Bischof in seinem Leben je kennen gelernt hat, einer,

41

der keine Möglichkeit ausgelassen hat, um ihn und seine Familie zu beleidigen. Bischof ist verwundert, dass der ihn überhaupt noch erkennt, aber das ist so bei denen - sie können einen ignorieren oder mit Rufmord versuchen zu töten, aber im nächsten Augenblick haben sie keine Scheu, einen anzusprechen, wenn sie sich irgend einen Vorteil erhoffen.

Bischof ist ja ein Mann des Friedens, aber viele Jahre lang hat er sich geschworen, diesen kleinen Mann einmal eine richtige „Watschn" zu verabreichen. Nie ist etwas daraus geworden und heute die große Chance vor dem Friedhof. Ein paar Meter neben Omas Grab und darunter lag der Opa. Der Opa würde das verstehen, wenn ihm jetzt einfach einmal kurz eine Verkehrte auskommt, aber der Bischof hat sich unter Kontrolle. Er weiß, dass er das bereuen würde. Aber Kontrolle ist nicht immer gut.

Hinter ihm das heruntergekommene Wirtshaus seiner Oma. Schon lange gibt es hier keinen Wirtshaus-Betrieb mehr. Eine groteske Situation, die eigentlich nur Sekunden dauert, denn da ist der kleine Alte auch schon beim Bischof: „Douuu, wort amoul!", was soviel wie „Du, warte einmal!" heißt. Wie sehr Bischof diesen Mann verabscheut! Alleine für dieses, „Douuu, wort amoul!" hätte der Alte Prügel verdient. Diese respektlose Aussprache, dieses Bellen, oh wie er das schon sein ganzes Leben gehasst hat. „Wos gibt's?", fragt der Bischof mit einem verärgerten Unterton. „Dou, host kurz Zeit, i loud di auf a Bier beim Krikol ein?", fragt der Alte, und der Bischof lehnt diese Einladung ohne zu zögern ab. Er will jetzt weg. Einfach nur ganz schnell weg.

Der Alte war das, was man umgangssprachlich als bauernschlau bezeichnet. Er weiß, dass er den Bischof als Lehrbuben gehabt hat, und er weiß, wie er ihn damals behandelt hat. Aber, wenn sie etwas gut können, dann ist es das Überspielen oder gar das Ungeschehenmachen der Vergangenheit. Vielleicht sagt Ihr jetzt, „Der verallgemeinert mit seiner Mehrzahl!", aber der Bischof hat es mir nicht nur einmal erzählt, und deshalb sage ich es so, wie ich es von ihm gehört habe. Nicht selten hat der junge und dann auch der nicht mehr so junge Bischof von seinen eigenen Leuten gehört: „Das bildest dir alles nur ein, das ist ein Blödsinn." Doch der Bischof hat gewusst, was geschehen ist, und dieser Alte vor ihm war eine der bittersten Erscheinungen seines damals jungen Lebens.

„Es sull dein Schodn net sein, wennst da aunheast wos i da zum Sogn hob.", meint der Alte, eifrig nuschelnd. Ein bisschen nervös scheint er zu sein. Er späht nach links und nach rechts, so als ob es ihm unangenehm wäre, sich mit dem Bischof blicken zu lassen.

„Waßt wos Peritsch? Waßt wos?", einen kurzen Augenblick will der Bischof etwas Unfreundliches sagen, etwas das ich Euch hier jetzt ersparen möchte. Aber Ihr müsst wissen, dass er bei der Polizei über die Jahrzehnte gelernt hat, sich zu beherrschen, weil das bringt der Beruf halt so mit sich.

Die wenigsten Leute freuen sich, wenn sie einen Polizisten sehen und am schönsten ist es doch, wenn man mit ihnen nichts zu tun hat, und da Polizisten halt auch Menschen sind, bemerken die das, und Ihr könnt mir glauben, das ist kein schönes Gefühl. Und wenn die Leute dann irgendwo besoffen sitzen, und so ein Polizist kommt privat ins Lokal, dann lassen sie ihrem Ärger freien Lauf, oder sie drehen sich weg. Also, Ihr versteht schon, was ich sagen will - es gibt sicher angenehmere Berufe als Polizist.

Aber wo bin ich jetzt stehen geblieben? Ja, da hat sich der Bischof im letzten Moment noch zurückgenommen und sich das eine oder andere Wort verkniffen, das ihm schon auf den Lippen gelegen ist. In diesem Moment kommt eine alte Tante vom Bischof aus dem Friedhof, die er vorher gar nicht gesehen hat. Noch nie hat er sich so gefreut, sie zu treffen, und zu ihrer Überraschung begrüßt er sie übertrieben stürmisch. Der alte Peritsch wartet aber geduldig, und der Bischof umarmt noch immer seine Tante und dreht sie so, dass er freie Sicht auf den Alten hat, in der Hoffnung, dass der endlich verschwinden wird. Nur, er verschwindet nicht, im Gegenteil. Er kommt zur Begrüßung dazu und beginnt vertraulich mit der Tante zu reden. Dem Bischof geht der sprichwörtliche Feitl in der Hose auf.

„Mei, wasst eh, da olte Ulrich is a gstorbn. Morgen is die Bstodan.", meint der Peritsch zur Tante. Bischof hängt sich an ihrem Arm ein, um mit ihr fortzukommen, und der Peritsch gibt jetzt tatsächlich auf. Der Bischof hat sich noch gewundert, aber aus dem Augenwinkel sieht er, dass der Alte gerade von einem anderen Alten begrüßt wird. So schnell es mit so einer betagten Tante Arm in Arm eben geht, flüchtet er mit ihr in das letzte verbliebene Wirtshaus des Dorfes. Früher einmal hat es ganz viele davon gegeben, aber die Zeiten haben sich geändert, und das Wirtshaussterben ist halt ein Teil dieser Veränderung.

„Sou a Bledsinn, die Kastanien einschneidn. Ma schneidet kane Kastanien ein. Schorf aunbrotn, damit die Flaumman die Kästn aunstechn, dann die Flaumman zruckgehn lossn und nur mit der Hitz orbeitn. De Flaumman miassn owa davor eben die Schoin von de Kastanien aunstechn, sonst zreißts as durch die Hitz danoch!" (So ein Blödsinn, die Kastanien ein-

44

schneiden! Man schneidet keine Kastanien ein. Scharf anbraten, damit die Flammen die Kastanien anstechen, dann auf kleiner Flamme und nur mit der Hitze weiterarbeiten), sagt gerade ein etwas angeheiterter Gast zu seinem Kumpel an der Theke, der ihm eben erzählt hat, wie lange seine Frau gestern die Kastanien für das große Kastanien Braten zu Allerheiligen geschnitten hat.

Diese Weisheit ist dem Bischof nicht unbekannt, denn wenn er etwas an der Südsteiermark liebt, dann ist es das Kastanien Braten und dazu ein Sturm, ein Fruchtsaft oder ein Most, das ist sein Heimatgefühl, das ihn überkommt, wenn der Herbst ins Land zieht.

Übrigens gibt es in Österreich Regionen, in denen man statt Prost Mahlzeit sagt und den Sturm nur mit der linken Hand trinkt. Allerdings gilt das nur bis zum 11. November.

Der Bischof trinkt also mit seiner Tante einen Kaffee, und gemeinsam wärmen sie Geschichten von früher auf. Der Bischof liebt diese alten Tragödien der Südsteiermark. Schon als kleiner Bub hat er sie so gerne gehört. Von Morden ist da die Rede und von Kriegsgeschichten, von den Partisanen, die die Dorfbevölkerung bis lange nach dem Krieg in Angst und Schrecken versetzt haben, von den Heimkehrern und von den im Krieg Gebliebenen. Tausende Geschichten, hunderte Schicksale, und der kleine Bischof hat immer gespannt zugehört. Da war die eine Geschichte von dem ermordeten Onkel, der mit seinem Puch-Auto einen kleinen Unfall gehabt hat und danach mit eingeschlagenem Schädel im Auto gefunden worden ist. Ein Eifersuchtsdrama, das haben alle gewusst, aber angezeigt hat es nie jemand. Der, der offensichtlich der Mörder war, hat die Frau geheiratet und sie sind zusammengeblieben bis zu seinem Tod. Niemals hat man nachgeforscht, was an der Geschichte wahr gewesen ist.

Bischof erkennt unter den Gästen den Hans, der ein Freund vom Schurl gewesen ist. Die beiden haben sich schon das ganze Leben gekannt. Gemeinsame Schule, gemeinsamer Fußballverein, später die ersten gemeinsamen Lokalbesuche und die ersten Erlebnisse mit den jungen Frauen. Das verbindet, und ihre Freundschaft hat bis heute gehalten. Der Hans hat bald geheiratet, aber schon nach einem Jahr ist die Ehe wieder geschieden worden, weil er kein Kostverächter ist, was die anderen Frauen anbelangt, das hat hier jeder gewusst. Und dass er seine Geschäftsreisen immer wieder für außereheliche Liebesabenteuer genutzt hat. Eben bis auch seine Frau dahinter gekommen ist und dann war Schluss. Der Hans hat danach wieder völlig stressfrei seinem liebsten Hobby nachgehen können: Frauen dazu zu bringen, mit ihm ins Bett zu steigen. Darin ist er auch sehr erfolgreich gewesen, und seine Geschäfte scheinen das auch zu sein.

Wie immer elegant gekleidet sitzt er da. Der Bischof hat ihn seit vielen Jahren nicht mehr gesehen, und er ist sich nicht sicher, ob ihn der Hans nicht sehen will, oder ob er ihn wirklich nicht sieht. Dem Bischof ist das egal, er ist ja mit seiner Tante da und mit der will er jetzt reden. Aber den Hans will er trotzdem nicht aus dem Lokal lassen, weil er ihn unbedingt noch auf den Schurl ansprechen muss. Vielleicht weiß er ja was. Weil beste Freunde sich oft alles erzählen - außer den eigenen Unzulänglichkeiten. Schwäche darf man selbst vor seinem besten Freund nicht zeigen. Das ist das Schicksal von uns Männern.

Die Tante bemerkt natürlich, dass der Bischof andauernd zum Hans hinüber schielt. Denn je länger er im Lokal ist, desto mehr Fragen tun sich für ihn bezüglich dem Schurl auf. Wenn die Frauen die Geheimnisse ihrer Männer kennen würden, glaubt mir eines, die Scheidungsrate würde in astronomische Höhen hinauf steigen. Da täten sich Abgründe auf, da würden nicht nur die Pfarrer bei der Beichte mit den Ohren wackeln.

Die Tante vom Bischof: „Du, ich muss dann los. Viererschnapsen mit meinen Freundinnen."

Bischof: „Ist gut Tante, ich begleite dich noch raus."

Tante Bischof: „Passt schon, schau, dass du zu dem Tisch dort rüber kommst. Ich merke ja, dass du mit jemandem reden willst."

Bischof: „Weißt Tante, das ist was Berufliches, also wir sehen uns dann zu Weihnachten?"

Ein ungläubiges Kopfnicken der Tante, Bussi links, Bussi rechts, und Bischofs Tante verlässt das Lokal. Bischof nimmt sein Getränk und geht Richtung Hans, der gerade mit einer Runde Leute im Gespräch ist.

Bischof: „Servus Hans, kennst mich noch?"

Hans: „Na servus, der Bischof, was für eine Überraschung, das muss ja zehn Jahre her sein, dass wir uns das letzte Mal gesehen haben."

Bischof: „Ja, so ungefähr. Du Hans, ich müsste mit dir über den Schurl sprechen, ihr seid doch noch immer befreundet, oder?"

Hans: „Na klar, aber gibt es was? Kommst als Polizist zu mir?"

Bischof: „Nein, keine Sorge, ich bin nicht mehr bei der Polizei."

Der Bischof deutet auf einen leeren Tisch in der anderen Ecke des Lokals, und der Hans folgt ihm wortlos mit seinem Bier.

Bischof: „Was treibst du so, Hans? Womit handelst du im Augenblick und läuft das Geschäft?"

Hans: „Alles im grünen Bereich. Vor ein paar Jahren war es ein gutes Geschäft mit Gold, jetzt setze ich eher auf Immobilien. Weißt eh, die Bauern sterben aus, und die Jungen ziehen in die Städte, und die Städter suchen aufgelassene Bauernhöfe. Tja, und da komme ich dann ins Spiel. Läuft ganz gut. Ich kann mich nicht beklagen."

Bischof: „Na super, dann hast ja eh keine Sorgen."

Hans: „Nicht mehr und nicht weniger als die meisten Leute halt."

Bischof: „Du kannst mir vielleicht bei einem Problem helfen. Unser gemeinsamer Kumpel, der Schurl ist verschwunden. Weißt du das schon von der Renate?"

Hans: „Nein, wir haben in letzter Zeit auch kaum Kontakt gehabt. Was ist geschehen? Ich meine, du kennst den Schurl so gut wie ich. Zuverlässig war er noch nie, um es vorsichtig zu formulieren."

Bischof: „Was geschehen ist, das weiß ich eben nicht. Ich glaube aber, dass da etwas richtig Großes dahinter steckt. Hat er dir einmal von irgendwelchen Problemen erzählt? Egal welcher Art."

Hans: „Nein, nie. Wir sind zwar sehr gut befreundet, aber über Probleme haben wir selten geredet, und wenn, dann nur ganz oberflächlich."

Bischof: „Und was war das Oberflächliche?"

Hans: „Na weißt eh, Ehestreitigkeiten, aber nichts Dramatisches eben. Es gibt ja keine Leute ohne Pro-

48

bleme, und haben sie keine, dann machen sie sich welche, oder?"

Bischof: „Hätte ja sein können, dass dich Renate in ihrer Verzweiflung kontaktiert hat."

Hans: „Nein Bischof, tut mir leid. Aber ich werde sie heute noch anrufen. Vielleicht kann ich ja irgendetwas für sie tun."

Bischof: „Ja, mach das bitte. Ich habe ein ungutes Gefühl bei der Sache. Ich denke, der Schurl steckt tief in Schwierigkeiten. Jetzt muss ich aber langsam wieder. Bis bald Hans."

Der Bischof steht auf, zieht seinen Mantel an, zahlt seine Zeche und den Kaffee seiner Tante und verlässt grüßend das Lokal. Die anderen Gäste schauen ihm neugierig nach, und der Bischof spürt richtig, wie ihm ihre Blicke folgen und wie sie über ihn reden.

Endlich sitzt er wieder in seinem Auto Richtung Graz, und er spürt, wie es ihm Kilometer für Kilometer leichter wird. Großklein, Heimschuh, Leibnitz und dann rauf auf die Autobahn. Gedanken und Erinnerungen zurücklassen, und schön langsam kommt der Bischof wieder in seinem echten Leben an.

Er sortiert seine Gedanken und ist so froh über jeden Meter, den er hinter sich lassen kann. Er weiß ja selber nicht genau, warum er seinen Heimatort dermaßen ablehnt. Manch andere bezahlen dafür, dass sie dort Urlaub machen können, er aber wollte schon als Kind nichts wie weg von dort. Schon als Kind hat er Graz geliebt. So sehr er Wien verabscheut hat, so sehr hat er seine Landeshauptstadt geliebt. Die Fahrt zu seinen Ursprüngen löst in ihm mittlerweile gar keine Gefühle mehr aus, er ist einfach nur froh, dass er nicht mehr dort sein muss. Viel mehr interessiert ihn, wie er jetzt in diesem schon etwas persönlicheren Fall weiterkommen soll.

Denn wenn ihn etwas im Leben vorwärts treibt, dann ist es dieser unbändige Drang, Bescheid über Dinge zu kriegen, die anderen verborgen bleiben. Und wenn es nur irgendeine Mauer ist, an der er öfter vorüberfährt, wo die meisten Menschen keinen Gedanken daran verschwenden, was sich dahinter verbergen könnte, dann würde der Bischof versuchen, hinter diese zu blicken, und das hat seinen Erfolg als Polizisten eben ausgemacht. Nicht das sture Studieren von Akten alleine führt zum Erfolg. Es ist das Ganze, das nicht auf den ersten Blick Ersichtliche, das er immer wieder zum Vorschein bringen will.

Es dämmert bereits, als der Bischof in Graz ankommt, und er hat nun die Gewissheit, dass in nächster Zeit viel zu tun sein wird. Sein Gefühl hat ihn bisher selten getäuscht. Zum Nachdenken hält er am Grazer Zentralfriedhof an. Dort geht er die Gräber von Bekannten und Freunden ab. Dort findet er die Ruhe. Diese Stille und diese Beschaulichkeit braucht er manchmal, weil sie dem Alltag die Schwere nehmen, an der er manchmal fast verzweifelt.

Der Bischof ist ja jetzt nicht erst seit gestern auf der Welt. Er, der sich immer wieder bemüht, der perfekte Polizist zu sein, und dessen Kopf und Körper plötzlich sagen, „Leiser treten!", dem fällt es jetzt besonders schwer, über so persönliche Dinge nachzudenken. Über das, was wirklich wichtig ist. Es ist wohl auch ein gewisser Selbstschutz dabei, dass er sich nicht zu viel über Geschehenes Gedanken machen will. Denn bei der Mordkommission sind das ja meist keine so schönen Dinge, die passieren. Da muss man abschalten können, um nicht verrückt zu werden.

Der Bischof denkt, dass er das ganz gut im Griff hat, diesen Balanceakt zwischen dem Menschen und seinem Beruf. Er mag sein Leben, mehr als die meisten anderen Leute, die er kennt. Irgendwann ist es ihm klar geworden, dass Geld und Besitz nicht glücklich machen, weil die materiellen Wünsche, die er sich alle immer erfüllt hat, ihm nie auch nur eine einzige Antwort auf seine Fragen gebracht haben.

Immer seltener hat er sich dabei erwischt, einem Drang nachzugeben und diese Kamera oder dieses Outdoor-Navi zu kaufen, das er vorher so oft im Fernsehen bewundert hat. Die Freude und die Befriedigung über das Gekaufte halten nämlich genau so lange an, bis das Zeug ausgepackt ist, und er zuerst einmal mit einer halben Mülltonne voller Papier, Karton und Plastik im Wohnzimmer sitzt. Spätestens nach den ersten Fotos mit dem neuen Gerät kommt dann die ernüchternde Einsicht. Die Bilder sind nicht so cool wie die in der Fernsehwerbung, in Wahrheit ist gar nichts so cool, wie sie alle lautstark schreien. Im Gegenteil, die Bilder sind Scheiße und um nichts besser als die Fotos, die er mit seiner Handy-Kamera macht. Nun hat er aber knappe 1.000 Euro für dieses Gerät ausgegeben, und sein Telefon hat gebraucht 50 Euro gekostet, und mit der Kamera kann er nicht einmal telefonieren oder SMS versenden. Der Ehrgeiz lässt dem Bischof aber keine Ruhe, und er kauft sich ein Buch zur Kamera, um zu erkennen, dass er, falls er solche Werbebilder machen möchte, noch einmal 1.000 Euro ausgeben muss, für Filter und ein Weitwinkelobjektiv.

Diese Geschichte ist jetzt viele Jahre her, aber der Bischof hat fürs Leben daraus gelernt. Seit dieser Zeit hat er es nie mehr bereut, etwas nicht gekauft zu haben. So geht es ihm mit vielen Dingen im Leben.

Wahre Befriedigung empfindet er nur, wenn er eines seiner Bilder im Kopf auf Papier bringen kann und mit seinem geistigen Auge sieht, wie der Manfred Deix ihm anerkennend auf die Schulter klopft.

5

Es ist sieben Uhr früh, als Bischofs Telefon läutet. Der Fernseher läuft noch immer, und eine japanische Kinderzeichentrickserie flimmert über den Bildschirm. So eine, wo sich menschenähnliche Gestalten mit Laserschwertern wegbeamen, genau das Richtige für die Kleinen, bevor sie in die Schule müssen.

Bischof überlegt kurz, ob er mit der Fernbedienung den Fernseher einschießen, oder ob er ihn einfach abschalten soll. Er verliert einen Gedanken an den Programmchef dieses Fernsehsenders, und er denkt, dass das der gleiche Programmmacher sein muss, der an einem Freitagnachmittag „Stirb langsam", Teil 2 angesetzt hat. Es wäre nicht so schlimm gewesen, wäre es nicht der Karfreitag-Nachmittag gewesen. Der Messias hätte ihm wohl verziehen, aber seine Schäfchen hätten diesen Programmchef am liebsten daneben ans Kreuz genagelt, aber ohne Prozess davor.

Das Handy läutet und seine Tante ist dran, und sie erzählt ihrem Neffen von einem fürchterlichen Autounfall in ihrer Heimatgemeinde Oberhaag. Einen Toten soll es gegeben haben. Der Bischof kennt den Verunglückten aber nicht, und er fragt auch nicht nach, von wem der Sohn, von wem der Mann und

53

auch sonst ist ihm das Ganze so ziemlich egal. Bischof ist einfach zeitlich schon zu weit weg, um noch einen persönlichen Bezug zu diesen Menschen herzustellen. Es kommen aber Erinnerungen in ihm hoch. Er war ein kleiner Bub, als sich Männer des Dorfes ein mörderisches Autorennen geliefert haben. Vier von ihnen sollten das Vorhaben nicht überleben. In einem Durchlass ist der Wahnsinn zu Ende gewesen. Der Bischof ist am nächsten Tag bei seiner Oma im Wirtshaus gewesen, und er hat die Kellnerin durch das Fenster vom kleinen Zimmer aus im Gastgarten gesehen, dort wo die Weinlaube gestanden ist. Der Hausknecht war auch dort, und die junge Witwe, wie sie ihren Schmerz rausgeschrien hat. Der Knecht, der sie zu trösten versucht hat, und der sich ein paar Jahre später nur ein paar Meter entfernt, nach der Kellerstiege am Haken der Sauwaage erhängt hat, muss alles andere als ein guter Trostspender gewesen sein.

Der Haken, eine eigenartige Erinnerung im jungen Leben des Bischof. Dieser süßliche Geruch von Verwesung im Sommer, wenn sein Großvater von der Fleischerei gekommen ist und dort unten beim Kellereingang das Fleisch abgewogen hat. Als junger Erwachsener hat er sich später noch manchmal den Kopf angeschlagen, an diesem Haken, und der Gedanke war immer sofort beim Knecht, dessen Grab es schon lange nicht mehr gibt, und wenn er jetzt an ihn denkt, dann denkt er auch darüber nach, wie viele Menschen sich an den Mann wohl noch erinnern können. Der Keller hat für den Buben Bischof damals immer etwas Mystisches, etwas Geheimnisvolles gehabt. Zum Krampus hat es dort unten das Krampuskränzchen gegeben und oben im Saal sind die großen Bälle gefeiert worden. Einmal, so hat es geheißen, ist einer beim Tanzen tot umgefallen. Herzinfarkt, es gibt sicherlich schlimmere Todesarten. Viele Jahre später hat der Bischof das auch einmal selbst erlebt. Der, der niemals tanzte, ist bei einem Maturaball zum Tanzen aufgefordert worden, und er ist nicht aus gekommen und hat nur gehofft, es würde bald vorbei sein. Und das war es auch wirklich, denn ein Mann ist auf der Tanzfläche tot umgefallen, woraufhin der Ball abgebrochen worden ist. „Tanz i net, schwitz i net, stink i net! Tanz i, schwitz i, stink i!", hat der Bischof immer gesagt, und es war für ihn so ziemlich die schlimmste Strafe, wenn er zum Tanzen aufgefordert worden ist. Nicht, dass er etwas gegen die Leute gehabt hätte, die tanzen wollten, sein Problem war, dass sie ihn einfach nicht in Frieden an seinem Tisch sitzen gelassen haben. Spätestens nach zwei Stunden war es immer soweit.

Doch das ist jetzt ein anderes Thema, weil der Bischof hat gleich, nachdem er den Fernseher abgeschaltet hat, seine Wohnung verlassen, um sich im Büro vom Schurl etwas umzusehen. Den Schlüssel dafür hat er von der Renate bekommen. Das Büro scheint fein säuberlich aufgeräumt, es schaut nach Putzfrau aus, denn der Schurl wäre wohl nie und nimmer dazu in der Lage, ein Büro so sauber zu halten. Das weiß der Bischof, dazu kennt er ihn einfach zu gut. Das heißt dann wohl, dass er auf Hinweise aus dem Papierkorb verzichten muss, denkt sich der Bischof, als er doch etwas Interessantes findet, wie er den Verlauf auf dem Computer durchschaut, nämlich Wetten auf den verschiedensten Internetportalen.

Ein großer Sicherheitsfanatiker ist der Schurl wohl nicht, denn Passwörter gibt es auf seinem Computer keine. Eine aufgelegte Sache für Leute, die neugierig sind und gerne auf fremden Computern herumschnüffeln. Familiensinn hat der Schurl aber auch nicht so, denn während auf den meisten Computern die Liebsten vom Desktop grinsen, ist bei ihm ein Sportwagen zu sehen. Auch sonst ist nichts im Büro, dass auf den Schurl als glücklichen Familienvater hingewiesen hätte. Und was der Bischof so mitbekommen hat, ist beim Schurl zu Hause ja wirklich nicht alles in Ordnung. Bis vor kurzem hat er das aber geglaubt.

Aber man kann sich auch täuschen. Denn wen kennt man schon wirklich so gut? Da gibt es die liebsten Nachbarn und plötzlich stellt sich heraus, dass sie seit über zwanzig Jahren ein paar Kinder im Keller eingesperrt haben. Da gibt es ja in jedem Dorf so einen kleinen Fritzl, und wenn die Polizei den ganzen Hinweisen von versteckten Kindern nachgehen würde, ich denke, Österreich hätte bereits mehr Einwohner, als ihm lieb ist, weil wohin mit den ganzen Leuten, wenn die alle gleichzeitig auftauchen?

Manchmal weiß auch das ganze Dorf über solche Dinge Bescheid. Wenn der Bischof als Kind bei einem seiner Nachbarn vorbeigefahren ist, hat er nicht nur einmal ein Gesicht am Fenster ganz schnell verschwinden gesehen. Vorhang runter und weg. Alle haben gewusst, dass die dort eine Tochter haben, die wahrscheinlich das Grundstück noch nie in ihrem Leben verlassen hat. Die Leute haben darüber geredet, aber sie sind immer zu demselben Schluss gekommen, nämlich dass das damals schon erwachsene Kind zurückgeblieben war, und die Leute schon wüssten, was sie tun. Nachgeprüft hat das natürlich nie jemand.

Der Bischof hat sich auf mehreren Fortbildungskursen ein richtiges Expertenwissen in Sachen Computer angeeignet, nicht ganz freiwillig, weil die jungen Kollegen haben ihn schon ziemlich auf der Schaufel gehabt, wie er der letzte in der ganzen Abteilung war, der von Schreibmaschine auf Computer umgestellt hat. Er hat sich wirklich lange dagegen gewehrt. Aber der Bischof ist nicht dumm, er hat schnell dazugelernt und deshalb ist es für ihn jetzt auch ein Leichtes so versteckte Verläufe am Computer nachzustellen.

Deshalb muss er dann auch entdecken, dass der Schurl zwar vordergründig ein liebender Familienvater ist, aber wie es eben so spielt im Leben, irgendwann wird einem die eigene Frau im Punkto Erotik dann doch etwas fremd oder eben viel zu vertraut, ganz wie man will. Und der Schurl ist dann im Internet schon ab und zu auf so Kontaktseiten gewesen, wo man jetzt nicht gleich die große Liebe sucht, sondern eher so etwas für zwischendurch, wenn die Not groß ist.

Der Bischof ist diesbezüglich vielleicht ein bisschen naiv, weil was er da alles sieht, das verschlägt ihm schon ziemlich die Rede. Aber der Schurl ist gleich bei mehreren solchen Seiten angemeldet, und der Bischof hat sich natürlich sofort eingeloggt und ist dann ziemlich überrascht, was er da für Sachen zum Lesen bekommt.

Da ist der Schurl doch wirklich zum wahren Erotik-Autor geworden, obwohl, ich erspare Euch jetzt die Details. Weil Pornos schauen oder lesen könnt Ihr auch ohne mich, ich meine, das würde mich jetzt ein bisschen peinlich berühren, mir dann vorstellen zu müssen, was Ihr beim Lesen so treibt.

Jedenfalls sind da die Karla2017, die Esther_1, die Brunhilde, das Häschenhüpf und noch einige andere, mit denen der Schurl Kontakt gehabt hat.

57

Ich stelle es mir nicht gerade besonders einfach vor, an die richtigen Daten der Leute zu kommen, ich meine, da steht Häschen und hinter dem Account versteckt sich vielleicht ein Pepi_62, der 135 kg wiegt. Da kann man schon ziemlich draufzahlen. Der Bischof hat sogar das Glück, die eine oder andere Telefonnummer zu finden. Denn geschrieben dürfte der Schurl fleißig haben mit denen allen. Und da der Bischof jetzt keiner ist, der gerne etwas aufschiebt, versucht er gleich direkt vom Büro aus die zu erreichen, von denen er eine Nummer hat.

Es beginnt ernüchternd, weil gleich beim ersten Anruf hebt ein sehr eifersüchtiger Ehemann ab, und der Bischof hat natürlich vergessen, seine Nummer beim Anrufen auszublenden. Das war ein Desaster, denn obwohl der Bischof gleich wieder auflegt, läutet einige Sekunden später sein Telefon, und der eifersüchtige Ehemann stellt ihn zur Rede. Das hat den Bischof jetzt aber eiskalt erwischt. Er weiß nicht, was er sagen soll, und bevor er jetzt einen Blödsinn daherredet, sagt er lieber gar nichts und legt wieder auf.

Jedenfalls hat der Bischof es geschafft, dass so ein Ehemann bei ihm im Minutentakt anruft. Und das ist wirklich alles andere als lustig. Denn Ihr müsst wissen, dem Bischof seine Nummer gibt es ganz einfach im Internet zu finden, inklusive seinem Namen und seiner Adresse. Weil er ja nichts zum Verbergen hat.

Aber manchmal kommt man eben in Situationen, da ist es jedenfalls besser, nicht im Internet gefunden zu werden, weil da gibt es nur Probleme, und die hat der Bischof jetzt mehr als ihm lieb ist. Normalerweise ist er ja nicht ängstlich, aber zum Nachdenken hat ihn der Telefonterror schon ein bisschen gebracht, obwohl er dann gleich versucht, auch die anderen Nummern zu überprüfen.

Er schafft es sogar, mit einer dieser Damen zu sprechen. Eine verrauchte Stimme meldet sich am anderen Ende, und da hat der Bischof auf einmal ein Rendezvous mit einer echten Grazer Swingerin.

Na bumm, da hat er jetzt den Salat, und ob er nun will oder nicht, er muss in einen Swingerclub, denn die Dame will sich nur dort mit ihm treffen.

Die Dame gibt sich als Gerli zu erkennen, und Gerli ist diese Art von Frau, der man ansieht, dass sie weiß, was sie will. Wenn ihr jemand gefällt, dann wird sie vermutlich nicht lange fackeln und ihn gleich in die Kiste zerren. Diesen Eindruck hat der Bischof schon nach den ersten beiden Sätzen. Ihre verrauchte Stimme verrät, dass sie nicht sehr auf die Gesundheit achtet. Die Zigarettenpackung neben ihr am Tisch wird zu oft hergenommen, und es ist schon erstaunlich, wie eine Frau ihres vom Bischof grob geschätzten Alters so viel rauchen und doch noch relativ gut aussehen kann. „Gsöchtes hält sich gut.", erwidert die Gerli auf Bischofs wenig charmante Bemerkung in diese Richtung. Sie ist ganz blond, wirklich echt blond, und hat für ihr Alter eine super Figur. Wäre da nicht ihre Stimme, sie hätte glatt als alternde Schauspielerin durchgehen können. Gerli kennt natürlich alle Stammgäste, wird von jedem zweiten gegrüßt und mit jedem dritten wechselt sie ein paar Worte. Und ganz ohne einen Genierer fordert sie den Bischof nach dem zweiten Getränk auf, mit ihr mitzukommen, nach unten, deutet sie ihm. Und sie bringt ihn dorthin, wo es sich also wirklich abspielt. Dort geschehen Sachen, die will ich Euch jetzt gar nicht erzählen, weil so viel Phantasie hat hoffentlich jeder von Euch. Jedenfalls winkt der Bischof dankend ab, und der enttäuschte Blick Gerlis lässt ihn aber zumindest mit nach unten gehen, nicht ohne sich vorher von der Gerli versichern zu lassen, dass er dort trotzdem seine Ruhe haben wird.

Er will seine potentielle Informantin nicht verlieren, indem er allzu sehr Spaßbremse ist. Die beiden gehen nach unten und es folgen ihnen auch sofort einige Männer, die nicht so ganz die optimalen Unterwäschemodelmaße mitbringen, die man sich vielleicht erträumt. Wenn schon Model, dann eher für eine Vorsorgeuntersuchungswerbung für Prostatakrebs. Aber egal, das ist ja jetzt nicht Bischofs Problem.

Als Gerli eine Stunde später frisch geduscht mit dem Bischof an der Bar sitzt, will er endlich zur Sache kommen. Zur Sache Schurl. Seit zwei Stunden drängen sich ihm nun schon Fragen auf, und endlich will er Klarheit und wissen, was da zwischen den beiden läuft.

Sie haben „ein Gspusi", wie Bischof dann gleich von der Gerli erfährt, ein solches bei dem es ausschließlich um das Eine geht. Und wenn man den Schurl kennt und sich dann die Gerli so ansieht, sie und er, nein, niemals, dass da etwas Ernsteres daraus hätte werden können. Aber so ein bisschen Dingsbums, das war schon drin. Mehr nicht, weil sie beide verheiratet sind und beide ihre Partner lieben. Das alles erfährt der Bischof jetzt ganz ohne viel nachfragen.

Aber der Mensch ist von Natur aus kompliziert, und die Religionen haben schon seit jeher die Menschen verdorben und alles kaputt und alles noch komplizierter gemacht. Zwar sind auch die Tiere eifersüchtig, und vielleicht hat die Eifersucht, die in vielen von uns sitzt, eher etwas mit Überlebensstrategie zu tun und weniger mit Religion, aber es wird sich halt leider nicht mehr so schnell ändern, dass alles Zwischenmenschliche viel komplizierter und viel kaputter ist, als sonst irgendwas.

Wie dem auch sei. Die Gerli hat einmal ganz sicher nichts mit Religion am Hut, sie will einfach nur ihren Spaß, und davon so viel und so oft wie möglich. Unter anderem mit dem Schurl.

Bischof: „Habt ihr vielleicht auch einmal etwas zusammen unternommen, ich meine jetzt, so außerhalb von hier, oder ist dir der Schurl vielleicht irgendwann einmal irgendwie seltsam vorgekommen?"

Gerli: „Zu deiner ersten Frage: ja, und zu der zweiten würde ich sagen, der Schurl ist so seltsam, wie sie halt alle sind, diese verheirateten Männer, die nicht angerufen werden wollen, weil sie Angst haben, dass ihr Seitensprung auffliegen könnte, die nie erreichbar sind, und nur wenn du Glück hast, dann hat er ein eigenes Gspusi-Telefon, mit dem aber auch lieber er dich anruft, das sagt er dir ganz deutlich, und nur in Ausnahmefällen du ihn."

Bischof: „Das heißt, der Schurl hat dich immer von einer speziellen Nummer aus angerufen?"

Gerli: „Ja, sicher, das machen die meisten so. Eh klar, das wäre ja peinlich, wenn die Geliebte einmal anruft, und die Ehefrau ist zufällig dran, oder stell dir vor, sie liest solche SMS, von denen sie nur träumen kann, dass ihr Alter ihr einmal so etwas Scharfes schreibt. Wäre nicht so toll für die Beziehung glaube ich."

Bischof: „Und du hast diese Nummer noch?"

Gerli: „Ja, sicher. Ich hab erst einmal versucht, ihn da anzurufen."

Bischof fuchtelt wie ein Dirigent vor der Gerli in der Luft herum, weil sie endlich weitersprechen soll.

Gerli: „Was?"

Bischof: „Was was? Na was war, wie du es versucht hast?"

Gerli: „Na ja, ausgeschaltet war halt."

Der Bischof ist jetzt plötzlich ein bisschen frustriert, so vielversprechend hat es angefangen, und jetzt hat er plötzlich den Eindruck, dass die Gerli auch nichts weiß, aber er reißt sich zusammen. Ganz entspannt bleiben, damit steigt man immer am besten aus, also schaut er sie jetzt aufmunternd an.

Bischof: „Also, wo habt ihr euch, wenn ihr nicht da wart, getroffen?"

Gerli: „Irgendwo in der Obersteiermark, der Schurl hat da eine Hütte, hinfinden würde ich aber glaube ich nicht mehr, oder vielleicht doch, vielleicht so ungefähr, das kann ich jetzt gar nicht sagen."

Bischof: „Du, ich befürchte, dass dem Schurl etwas zugestoßen ist. Ich brauche deine Hilfe, weil du zur Zeit eine meiner wenigen Hoffnungen bist, ihn wiederzufinden."

Gerli: „Natürlich, glaubst du, ich will nicht, dass er wieder auftaucht? Ich hoffe sehr, dass ich dir da helfen kann."

Bischof: „Versuch doch bitte, dich zu erinnern, wo diese Hütte ist. An alles. Auf euren Fahrten in die Obersteiermark, war da etwas, das dir in Erinnerung geblieben ist? Irgendein Ort? Irgendein Haus?"

Gerli: „Das Erzherzog-Johann Haus ist mir geblieben, weil mich der Schurl, wie wir dort vorbeigefahren sind, mit dem Haus und der Geschichte zugetextet hat."

Bischof: „Brandhof?"

Gerli: „Ja, genau, das war es."

Bischof: „Na bitte, wer sagt's denn, geht doch, und wie lange seid ihr dann noch im Auto gesessen, bis ihr am Ziel gewesen seid?"

Gerli: „Keine Ahnung, so eine halbe Stunde vielleicht, vielleicht auch länger, könnte sein. Wir sind dann irgendwann von der Straße runter und auf einen Berg hinauf. Die letzten paar hundert Meter sind wir dann zu Fuß gegangen."

Bischof: „Mariazell? Gußwerk?"

Gerli: „Hm, weiß ich nicht mehr. Ich bin keine aufmerksame Beifahrerin."

Bischof: „Magst mit mir dorthin fahren?"

Gerli: „Warum nicht? Brauchst nur sagen, wann."

Bischof: „Gleich morgen?"

Gerli nickt zustimmend und zündet ihre gefühlte 15. Zigarette an.

Bischof: „Okay, passt, dann morgen in der Früh. Hast du noch diese Telefonnummer vom Schurl für mich?"

Gerli tippselt in ihrem Telefon herum und zeigt dann dem Bischof das Display. Der tippt die Nummer in sein Handy und versucht dann gleich sein Glück. Aber natürlich nichts. Ausgeschaltet.

Bischof trinkt sein Cola aus, verabschiedet sich von der Gerli und bahnt sich seinen Weg in Richtung Umkleidekabine, was gar nicht so einfach ist. Ganz schön viel los hier um diese Zeit. Ein Quickie versperrt ihm dann den Weg.

6

Der Bischof holt die Gerli zeitig in der Früh ab, in wetterfester Kleidung, und sie kommt in Stöckelschuhen und mit einer überdimensionierten rosa Handtasche aus ihrem Haus. Ein ungleiches Paar.

Als der Bischof dann im Norden von Graz auf die Autobahn auffahren will, bemerkt Gerli, dass sie ihre Geldtasche zu Hause vergessen hat.

„Lass bleiben, wir regeln das dann, wenn wir wieder in Graz sind." Der Bischof ist nicht gerade bester Laune, und er will jetzt so schnell wie möglich rauf in die Obersteiermark.

„Wir haben es eilig. Ich weiß nicht, wie viel Zeit der Schurl noch hat. Die ehemaligen Kollegen sind mir zu lasch in dieser Sache unterwegs.", meint er trocken.

Gerli: „Die ehemaligen Kollegen? Du warst also bei der Polizei?"

Bischof: „Ja, und ich werde es bald wieder sein. Wenn ich wieder ganz gesund bin."

Gerli: „Vielleicht sitzt dein gesuchter Kumpel ja auch gesund und quietschfidel in irgendeiner Bar im Süden mit einer dunklen Schönheit im Arm."

Bischof: „Nein, das glaube ich nicht, für so etwas ist er nicht der Typ."

Gerli: „Tja, man kennt die Menschen halt nie wirklich. Alles ist möglich, glaub mir. Ich bin auch nicht erst seit gestern auf der Welt."

Bischof etwas ungehobelt: „Das weiß ich. Aber ich hab mir da auch schon was überlegt, und mein Gefühl trügt mich selten bis nie."

Gerli: „Gut, dann schauen wir in einem Monat weiter, wer von uns beiden recht gehabt hat. Wenn ich gewinne, lädst mich dann zu einem Clubbesuch ein?"

Bischof: „Den zahle ich dir gerne, aber ohne dass ich mit rein muss. Das ist wirklich nicht mein Ding."

Gerli nickt und lacht.

Mittlerweile sind die beiden bei Bruck an der Mur, und der Bischof bleibt kurz stehen, um in einem Supermarkt eine Jause zu kaufen. Er fragt Gerli, ob er ihr etwas mitbringen soll, aber sie geht lieber selber mit hinein. Der Bischof kauft sich einen Gabelbissen, ein Glas scharfe Pfefferoni, Senf und ein paar Semmeln, und wartet dann eine Ewigkeit an der Kassa, bis endlich auch die Gerli ihre Sachen zusammen hat.

„Ist das okay, wenn wir dann später essen, wenn wir aus dem Auto draußen sind? Ich möchte nämlich nicht, dass alles voller Brösel ist."

Gerli: „Jaja, hatte ich sowieso vor. Bist heute etwas angespannt, oder bist du immer so?"

Bischof: „Ja, tut mir leid, aber die Geschichte mit dem Schurl setzt mir schon ziemlich zu."

„Ist eh okay, aber sag mir halt, wenn ich was für deine Entspannung tun kann.", meint Gerli augenzwinkernd, wohl wissend, dass der Bischof auf das Angebot nicht zurückgreifen wird. Für sie ist der

Bischof ein verkrampfter Ex-Beamter, der es wahrscheinlich nur im Dunkeln macht.

Der Bischof weiß natürlich, was sie meint, aber er reagiert gar nicht drauf. Sie ist nett, und er findet sie sogar ziemlich attraktiv, aber gleichzeitig ist es für ihn schon sehr abtörnend, dass sie es offensichtlich mit jedem treibt. Auch auf die Gefahr hin, dass sie einen altmodischen Beamten in Frühpension in ihm sieht.

Langsam nähern sie sich nun dem Seebergsattel, und als auf der linken Seite der Brandhof auftaucht, fragt der Bischof die Gerli sofort, ob sie wohl diesen Hof gemeint hat, der ja eigentlich ein Schloss ist.

Gerli: „Ja, da sind wir vorbei. Der Schurl hat mir die ganze Geschichte von dort erzählt, bis wir ausgestiegen sind."

Bischof: „Dann versuch dich jetzt bitte ganz genau zu erinnern, wie ihr weitergefahren seid." Gerli kneift die Augen zusammen und macht auf voll konzentriert.

Es ist ein kühler Novembermorgen, und der Wettermann im Radio sagt für die Obersteiermark starke Regenfälle an. Noch ist es trocken, aber bei diesen Temperaturen ist es mit den Sommerreifen wahrscheinlich nicht so gescheit. Hier oben geht das nämlich ganz schnell, dass aus Regen plötzlich Schnee wird. Der Bischof beobachtet misstrauisch die dunklen Wolken, da ruft die Gerli plötzlich: „Halt! Da müssen wir rauf, das Haus da, das habe ich mir gemerkt."

Wortlos wendet der Bischof sein Auto und fährt dann, wie von der Gerli gefordert, die Straße bei dem Haus hinein.

„So eine halbe Stunde geht es jetzt da rauf.", meint die Gerli. Bischof brummt etwas wie: „Vorher hast du aber gesagt, dass es nach dem Brandhof insgesamt noch eine halbe Stunde ist." Nicht dass es ihm etwas ausmacht, mit dem Auto zu fahren, doch das Wetter macht ihm mittlerweile schon etwas Sorgen. Vor allem, wenn er die Gerli so ansieht, mit ihren Schuhen und einem Jäckchen, mit dem man nicht einmal Nieselregen abhalten kann. Doch er will jetzt nicht schimpfen und sich bei der Gerli unbeliebt machen, weil bisher ist sie neben dem Prolo mit dem Sportschlitten die einzige Spur zum Schurl.

Bischof sagt sich, dass er sich zusammenreißen muss, und er denkt, dass er den Fall ab jetzt besser so wie einen seiner Fälle bei der Arbeit sehen soll. Neutral und mit genügend Distanz. Zumindest versuchen will er es. Nun gut. Viel ist von diesem Ausflug ja nicht zu erwarten. Weil, dass der Schurl jetzt mit einem Tee in der Hütte sitzt und die beiden Ankömmlinge freudig begrüßt, mit dem ist wohl nicht zu rechnen. Höchstens damit, Unterlagen, Beweise oder irgendwelche Spuren zu finden.

„Die Hütte, von der du gesprochen hast, die hat er immer für euch beide angemietet?", fragt der Bischof.

Gerli: „Nein, was ich weiß, gehört die ihm, zumindest sie so eingerichtet, da stehen ganz viele persönliche Sachen wie Fotos und so herum."

Der Bischof ist jetzt wirklich schon etwas nervös. Aber erstens kommt es anders, und zweitens als man denkt. Zuerst einmal beginnt es jetzt wirklich zu regnen und zwar so wild, dass der Bischof schon überlegt, stehen zu bleiben, denn die Sicht ist nur noch auf höchstens drei Meter beschränkt. Und Gerli wandelt sich ganz plötzlich von einer Minute zur anderen von einer Tussi in eine echte Bergwanderin. Was in so einer Tasche doch alles Platz hat. Sogar einen Regenmantel hat sie mit.

Bischof ist gerade dabei, seine Meinung über die Gerli zu revidieren. Sie hat ihm jetzt sogar einiges voraus, weil er hat zwar seine alten Bergschuhe mit dabei, aber Regenschutz hat er noch nie einen besessen. Nun ist also tatsächlich die Gerli in der besseren Position als der von Anfang an wegen ihrem dürftigen Outfit grantige Bischof, der sie schon als eine völlig lebensunfähige Stadttussi abgestempelt hat. Völlig zu Unrecht, wie er nun sieht.

Ab hier ist mit dem Auto kein Weiterkommen mehr und der Bischof parkt es so sicher wie möglich am Straßenrand. Gerli ist schon startklar, öffnet selbstbewusst die Autotür und klettert in den Regen hinaus. Der Bischof lässt sich nicht lumpen und tut es ihr gleich.

Dann geht es einen schmalen Weg hinauf, der, wenn es jetzt gerade nicht wie aus vollen Kübeln gegossen hätte, durchaus noch mit dem Auto befahrbar gewesen wäre. Gerli ist sich sicher, den Weg zu kennen und geht voraus, und der Bischof geht ihr schweigend hinterher.

Nun wird es spannend, weil die Gerli in einen Hohlweg einbiegt, und der Bischof freut sich schon auf ein Dach über dem Kopf. Aber dann geht es noch lange so dahin, noch eine gute halbe Stunde steil bergauf.

„Bist du sicher, dass wir hier richtig sind?", meint der Bischof schon mit leichter Verzweiflung in der Stimme. Gerli nickt und geht weiter fest entschlossen voran. Die Sicht ist auf zirka zehn Meter begrenzt, und nach einer halben Stunde steht plötzlich wie aus dem Nichts die Hütte vor ihnen. Bischof kann seine Erleichterung nicht verbergen, versucht aber trotzdem, sich nichts anmerken zu lassen, was ihn fast ein bisschen hilflos wirken lässt: „Und wie kommen wir da jetzt hinein?"

Gerli geht hinter die Hütte und kommt, nicht ohne Stolz, mit dem Schlüssel zurück. „Unter einem Dachziegel neben dem Holz hat er ihn immer versteckt."

Der Bischof ist gespannt wie ein Pfitschipfeil, als die beiden die Hütte betreten. Sehr gemütlich eingerichtet ist sie, und etwas sehr Heimeliges strahlt sie aus. Einzig die vielen Jagdtrophäen an der Wand, die nicht in die gemütliche Bleibe passen, stören das Bild.

Dann sieht er Essen am Herd, und der Bischof bildet sich ein, dass es sogar noch ein bisschen warm ist. Es steigt ihm heiß auf, und die Gerli scheint seine Gedanken zu lesen. Der Bischof läuft vor die Tür, während Gerli die restlichen Räume durchsucht. Aber da ist keiner, und Bischof versucht jetzt nach längerer Zeit wieder einmal, den Schurl am Telefon zu erreichen, was aber wie immer zwecklos ist.

„Wenn das der Schurl war, dann kommt er wieder.", meint die Gerli.

„Wo habt ihr beide immer geparkt, wenn ihr hier heroben wart?", fragt der Bischof.

„Eh dort, wo wir heute stehen, vielleicht ein bisschen weiter heroben, ich kenne mich da auch nicht so gut aus. Wir waren ja nur drei Mal zusammen hier."

„Na gut, dann suchen wir jetzt nach Spuren. Schaust du in den Kühlschrank?" Und der Bischof sieht sich im Eingangsbereich um.

Die Gerli geht in Richtung Küche und findet Wanderschuhe, die noch nicht ganz trocken sind, und der Bischof ist sich mittlerweile sicher, dass sich hier zumindest eine Person aufgehalten hat.

„Kennst du die Schuhe? Sind die vom Schurl?"
fragt er in Richtung Gerli, während er sich dran
macht, den offenen Kamin einzuheizen.

„Das weiß ich aber wirklich nicht. So gut haben
wir uns nun auch nicht gekannt, dass ich alles von
ihm wüsste. Kannst du die Schuhe anderer Leute zuordnen? Die Schuhgröße könnte passen, das ist das
Einzige, was ich dazu sagen kann. Auch der Kühl-
schrankinhalt deutet auf den Schurl hin. Sein Lieb-
lingsbier und sein Lieblingskäse sind jedenfalls da,
die Marken habe ich mir gemerkt."

„Aber Bier und Käse halten ja ewig, die Sachen
können von irgendwann sein.", meint der Bischof
nicht so ganz überzeugt.

Gerli: „Ja, eine Zeit lang schon, aber wer sollte
denn sonst hier gewesen sein, das war ganz sicher der
Schurl, und wir haben gute Chancen, dass er wieder-
kommt."

Bischof: „Naja, er hat ja auch viele Freunde. Die
könnten ja auch wissen, wo der Schlüssel liegt und
dann hier mit seiner Zustimmung einfach ein paar
Nächte bleiben. Ganz eindeutig ist die Sache jetzt
nicht, aber durchaus interessant. Jedenfalls möchte
ich die Nacht hier verbringen, wenn es dir recht ist."

Gerli: „Ja, wieso nicht, ist ja auch gemütlich da."

Bischof: „Ja, und wenn das Wetter es morgen zu-
lässt, dann schauen wir uns in der Gegend um, und
wenn wir Glück haben, taucht jemand oder gar der
Schurl inzwischen hier auf."

Gerli: „Okay, bin bei allem dabei und jetzt mache
ich uns etwas zum Essen. Ich habe eine Pizza im Ge-
frierfach gesehen."

Der Bischof wehrt sich nicht, denn Hunger hat er
schon einen gewaltigen, zwar jetzt nicht unbedingt
auf Tiefkühlpizza, aber besser als nichts war sie alle-

mal. An einem Haken an der Wand hängt ein Morgenmantel, ein bisschen klein, aber besser als das nasse Zeug, das er anhat, dann schaltet der Bischof den Fernseher ein und ist überrascht, welch tollen Empfang man hier am Berg hat.

Der Kamin gibt eine gemütliche Wärme ab, und der Bischof nimmt sich zwei Decken, die er über seine Beine breitet. Aus der Küche duftet es schon so wunderbar, wie eine Fertigpizza eben zu duften vermag. Er muss an seine Kindheit denken, als es im Winter noch Berge von Schnee gegeben hat, und an das einzigartige Glücksgefühl von damals, als er und sein Bruder nach einem endlosen Nachmittag im Schnee nach Hause gekommen sind, und die Mutter schon mit dem Essen gewartet hat. Unbeschwertheit, Geborgenheit, Freiheit und die Sicherheit eines warmen Zuhauses inklusive liebevoll zubereitetem Essen. Mehr kann sich keiner wünschen. Naja, vielleicht als Kind von damals noch eine Draufgabe in Form einer Folge von Lassie. Der ganze Tag war gerettet und wurde höchstens durch eine Hausaufgabe, die noch erledigt werden musste, getrübt.

Gerli serviert die Tiefkühlpizza schon aufgeschnitten auf einem riesigen Teller. Sie hat sich mittlerweile wieder umgezogen und hat auch einen wohl in der Hütte gefundenen Bademantel an. Dem Bischof stellt sich die Frage, ob sie darunter etwas trägt, und die Gerli scheint zu wissen, dass sich der Bischof gerade genau diese Frage stellt. Schon seltsam, denn er hat von dieser Frau ja nun schon wirklich alles gesehen und auch im vollen Einsatz. Nicht, dass ihm das jetzt nicht gefallen hätte, aber irgendwie ist die Gerli ihm ein bisschen zu sehr Schlampe, und wenn er daran denkt, dass sie ihn vielleicht auch noch mit ein paar Krankheiten anstecken könnte, dann ist

71

die Versuchung, über sie herzufallen, doch nicht mehr so groß.

Sie präsentiert dem Bischof die Antwort, indem sie sich im Schneidersitz vor ihn setzt. Dabei lacht sie ihn an und nimmt einen großen Bissen Pizza. Der Bischof kann sich jetzt ein Lachen nicht verbeißen und nimmt sich auch ein Stück. Zwei Flaschen Bier hat Gerli auch aufgemacht, und fröhlich prostet sie ihm zu.

„Hast ja noch ziemlich viel an", lacht sie, und der Bischof, nicht gerade der versierteste, was das Einschätzen von Frauen vom Typ der Gerli anbelangt, glaubt zu bemerken, dass sie sich über ihn vielmehr lustig macht, als dass sie die Situation mit erotischem Ernst sieht. Der Bischof kommt sich auch ziemlich lächerlich in dem viel zu kurzen Morgenmantel vor, während die Gerli alles andere als lächerlich wirkt.

Bischof: „Naja, ich muss mich ja vor dir ein wenig schützen."

Die Gerli lacht wieder laut auf und kommt jetzt dem Bischof mit einem Stück Pizza bedrohlich nahe. Sie hält es ihm an den Mund, und er kann nicht anders und beißt ab. Dann fasst er an Gerlis Brust, die jetzt ungeniert aus dem Bademantel schaut. Alles läuft wie von selbst. Bischof braucht gar nichts zu tun. Aber bevor er weitermachen kann, fällt draußen die Eingangstür ins Schloss.

Beide springen auf, aber die Gerli ist schneller. „Ich geh nachschauen, was da los ist.", meint sie, und ohne sich großartig die Mühe zu machen, den Bademantel zuzubinden, läuft sie hinaus. Dann fällt die Türe zum zweiten Mal ins Schloss.

Der Bischof wartet kurz ab, dann läuft er hinter der Gerli her. Er hat ein ungutes Gefühl. Da sind

72

Blutstropfen auf dem Boden, und er läuft zurück ins Zimmer, um seine Waffe zu holen. So schnell hat man den Bischof selten handeln gesehen.

Mit der entsicherten Waffe im Anschlag rennt er dann raus ins Freie. Innerhalb von Sekunden ist er durch und durch nass. Der Regen rinnt in seine Augen, und er kann kaum noch etwas sehen. Da ist doch Licht im Keller! Sein Herz schlägt jetzt ganz schnell. Vorsichtig bewegt er sich in die Richtung, aus der der Lichtschein kommt, in der Erwartung, dass sich hinter der Türe mit Sicherheit etwas ganz Schlimmes verbirgt. Die erwürgte Gerli, die erschlagene Gerli, die erstochene Gerli oder irgend so etwas in dieser Art.

Der Bischof versucht, sich an seine wenigen Waffeneinsätze bei der Polizei zu erinnern. Der letzte ist schon viele Jahre her. Damals, als er noch Uniformierter war, hat er einen Mann verfolgen müssen, der am Schönaugürtel ein Wettcafe überfallen hat. 20 km weit ist er auf der Flucht gewesen, oder besser gesagt, die Polizei hat ihn aus der Stadt entkommen lassen, um ihn am Land, wo weniger Verkehr ist und kaum Menschen in der Nähe, dingfest zu machen. Aber der Räuber hat damals, es war in der Nähe von Wildon, gleich neben der Raika, die Waffe gezogen und auf die Beamten geschossen. Überlebt hat der Räuber seine Tat nicht. Er ist dort von einem Kollegen Bischofs niedergestreckt worden und verstarb dann im Krankenhaus.

An dieses Ereignis muss der Bischof jetzt denken, obwohl er damals gar nicht geschossen, sondern seinen Kollegen nur gesichert hat. Aber er hat den schwer verletzten Verbrecher am Asphalt liegen gesehen und zuerst ist der sogar noch bei Bewusstsein gewesen und hat ganz ruhig mit den Polizisten geredet. Dabei dürfte er innerlich verblutet sein.

„Jetzt habe ich dich aber.", hört da der Bischof die Gerli schreien. Mit einem Mostkrug in der einen und mit einem Regenschirm in der anderen Hand steht sie plötzlich vor ihm.

„Jo, bist du komplett deppert wordn?", schreit der Bischof, während er mit seiner Waffe in ihre Richtung zielt.

„Ah geh, verstehst denn gar keinen Spaß? Ich hab dich raus schleichen gesehen, grade als ich zurück reinkommen wollte, da hab ich mir gedacht, jetzt hab ich ihn", lacht die Gerli so laut, dass man sie wohl noch im Tal unten hören hätte können, wäre da nicht der Regen gewesen, der alles abgedämpft hat.

„Dir haben's wohl ins Hirn geschissen! Jetzt hätt ich dich fast über den Haufen geschossen!" Und diesmal ist er richtig böse.

„Geh Bischof, ist doch gar nichts passiert!", meint die Gerli treuherzig und naiv.

„Und das Blut drinnen am Fußboden beim Eingang? Ich habe gedacht, dich hat wer weggeräumt! Und dann tauchst hinter mir auf wie beim Kasperl das Krokodil?"

„A geh, das bisschen Blut, schau her, ich habe mir nur eine alte Wunde aufgerissen, als ich schnell zur Tür wollte. Aber da war niemand und dann habe ich mir gedacht, ich hole uns was aus dem Keller zum Trinken. Da!!! Most!!! Harmloser geht es nicht!"

Bischof: „Okay, passt schon, lass uns wieder reingehen, ich bin durch und durch nass. Bitte jage mir nie wieder so einen Schrecken ein, das wäre echt nett von dir."

Die Gerli lacht noch einmal laut auf, und die beiden schließen hinter sich die Tür, um den Abend ausklingen zu lassen. Aber was da so alles passiert ist, das will ich Euch jetzt nicht schildern. Nur so viel, jugendfrei war es nicht.

Als die beiden irgendwann einschlafen, trommelt der Regen noch immer unaufhörlich auf das Dach. Da ist es schon sehr spät, und hätte der Bischof nicht den Wecker gestellt, dann wären sie wohl erst zu Mittag aufgewacht.

Aber der Bischof will jetzt endlich weiterkommen in der Sache, in der sie hier waren, nämlich Spuren suchen, um etwas über Schurls Verbleib in Erfahrung zu bringen. Er durchstöbert die Hütte und findet alte Ordner, Geschäftsunterlagen, Versicherungsdokumente, Briefe, einen Haufen Werbung und alte Zeitungen. Dem Bischof wird es ganz heiß. Eine ist vom gestrigen Tag. Sind die Gerli und er wirklich alleine hier oder ist da noch jemand, der sie vielleicht die ganze Zeit über beobachtet? Der Schurl hätte sich doch zu erkennen gegeben, also muss da jemand anderer sein, jemand der etwas mit Schurls Verschwinden zu tun hat, der vielleicht gerade dabei gewesen ist, irgendwelche Spuren zu verwischen, als Gerli und er hier aufgetaucht sind.

Bischof: „Du Gerli, seid ihr von hier aus vielleicht auch noch weitergewandert, ich meine auf andere Hütten in der Gegend, wo man vielleicht auch übernachten kann?"

Gerli: „Ja, da sind wir so drei Stunden in diese Richtung gegangen", und sie zeigt beim Küchenfenster hinaus, „und einmal haben wir wo übernachtet. Da ist so eine offene Selbstversorgerhütte, wo sich jeder einquartieren darf."

Bischof: „Das hört sich ja spannend an. Das heißt, dass der, der gestern hier war, jetzt vielleicht dort sein könnte?"

Gerli: „Das weiß ich nicht, aber es ist natürlich durchaus möglich. Es gibt ja auch noch andere Wege in verschiedenste Richtungen."

Bischof: „Aber der Schurl, wenn der hier wäre, würde wohl zu dieser Hütte gehen, oder?"

Gerli: „Das wäre möglich, falls er gestern überhaupt da gewesen ist."

Bischof: „Oder irgend ein anderer. Jemand, der etwas mit Schurls Verschwinden zu tun hat. Weil es war ja gestern offensichtlich jemand da."

Der Bischof zeigt auf die gestrige Zeitung.

Gerli nickt und widmet sich wieder ihrem Kaffee.

Dann packen die Gerli und der Bischof ihre Jause oder das bisschen, das von gestern noch übrig ist, in Rucksäcke, die sie in der Hütte gefunden haben und machen sich in Richtung Selbstversorgerhütte auf. Das Wetter hat mittlerweile auf schön und eiskalt umgeschlagen. Die Sonne versucht sich durch das letzte verbliebene Wolkenband zu kämpfen, und Nebel liegt über dem Tal. Über ihnen auf den Berghöhen hat sich der Schnee schon auf die Gipfel gelegt, und wäre der Anlass jetzt nicht ein so dringender, der Bischof und die Gerli hätten einen richtig schönen Tag in den Bergen haben können.

Schnellen Schrittes marschieren die beiden jetzt den Berg hinauf. Sie sind schon über der Baumgrenze, dort wo nur noch die Latschen versuchen, sich Platz zu verschaffen, Bäume gibt es auf diesem steinigen Boden, in dieser Höhe und bei dieser Kälte keine mehr. „Lass uns eine Pause machen, ich habe Hunger.", meint die Gerli nach zwei Stunden Auf-

76

stieg. Der Bischof nickt, setzt sich auf einen Stein und packt seine Jause aus.

„Ich verschwinde dann mal kurz hinter die Felsen, muss für kleine Wildkatzen.", sagt die Gerli, und dem Bischof kommt bei dieser Ansage fast ein Lächeln aus.

„Pass auf, dass dich niemand holt!", sagt er, um der Gerli zu zeigen, dass er heute gut gelaunt ist. Dann holt er sein Uralt-Handy aus dem Rucksack und macht ein paar Bilder von der Aussicht. Es ist ein wunderschönes Naturschauspiel. Ein bisschen ärgert er sich jetzt über sich selber, dass er nicht öfter in die Berge geht. Nur noch am Meer kann man so die Seele baumeln lassen wie eben da, hoch oben. Die Probleme des Alltags sind hier so lächerlich winzig bis gar nicht vorhanden, und man fühlt sich als kleines Würstchen in einem unendlichen Universum.

Die Gerli ist jetzt schon wieder länger weg, und der Bischof ertappt sich dabei, wie er vor sich hin lächelt, als er sich vorstellt, wie sie gerade hinter ihm auftaucht und ihn erschreckt. Dieses Mal ist er gefasst, jetzt weiß er, dass sie für solche Scherze jederzeit zu haben ist. Sie ist überhaupt ziemlich verrückt, die Gerli, auch abseits ihrer Swinger-Geschichten ist sie eine wahre Frohnatur.

Der Bischof nimmt sich vor, sich für seinen Schrecken von gestern zu rächen. Er schleicht sich leicht gebückt zwischen den Felsen an sie heran, da, wo er sie zumindest vermutet. Dann entdeckt er ihren Rucksack und weiß, weit kann sie nicht mehr sein. Er hat das Gefühl, dass sie gleichzeitig hinter ihm her ist, und dass sie jeden Augenblick aus ihrem Versteck hervorspringen wird. Langsam geht er weiter, da vorne ist schon der Abgrund, und Bischofs Respekt davor ist sehr groß. Er sieht sich Gerlis Rucksack aus der Nähe an und dann sieht er Schleifspuren, die von der Stelle wegführen, in Richtung Abgrund. Er legt sich auf den Bauch und robbt, so weit er sich traut, nach vor. Es ist ihm schnell klar, dass es ihm nicht möglich sein wird, da runter zu kommen.

Da runter, das ist fast der freie Fall. Hier kann sich die Gerli sicher nicht versteckt haben. Kein Lebenszeichen. Wenn der Bischof das Gefühl von Panik bis zu diesem Zeitpunkt noch nicht erlebt hat, dann weiß er nun, wie das ist. Er beginnt wie verrückt nach der Gerli zu rufen, aber es kommt keine Antwort. Bischof spürt jetzt, dass ihr etwas passiert ist, und dass ihr jemand etwas angetan hat. Aber niemand weit und breit. Keine Gerli. Nichts. Dem Bischof wird jetzt abwechselnd heiß und kalt, und gleichzeitig überkommt ihn Übelkeit. Er hat im wahrsten Sinne des Wortes eine Scheißangst. Nur ein Mensch, der schon einmal einer vergleichbaren Extremsituation ausgesetzt war, in der es um Leben oder Tod geht, kann sich vorstellen, wie sich der Bischof jetzt fühlt.

Er schwitzt wie verrückt, als er sich erneut zum Abgrund wagt. Der Bischof will noch einmal dort hinunterschauen, und als er das tut, hat er das Gefühl, dass ihn im nächsten Augenblick jemand hinunterstoßen wird. Da unten irgendwo muss die Gerli sein. Hier oben ist sie nicht mehr, also ist das die einzige Möglichkeit, und Bischof beschließt, den Abgrund zu umgehen und sich von unten an den Ort heranzuwagen. Er muss einen Rettungshubschrauber rufen, aber hier ist kein Empfang. Nirgendwo, kein Netz, nichts.

Was der Mensch zu leisten im Stande ist, wenn es wirklich um etwas geht, das kann man sich auch wiederum nur dann vorstellen, wenn man schon einmal in so einer Situation war. Das ist ein Hormon-Cocktail, den man zu Hause am Computer oder beim Fernsehen sein ganzes Leben nicht haben wird. So spannend kann es vor dem Kastl gar nie sein. Denn nur, wenn man so einer Gefahr ausgesetzt ist, der Gefahr, erwischt oder getötet zu werden, dann macht sich eine Erfahrung im Körper und im Kopf breit, die es einem erlaubt, über sich hinauszuwachsen. Keine Schmerzen, keine Kälte, keine Nässe, keine rinnende Nase, nichts von all diesen Dingen spürt man dann, weil der Körper rein auf Überlebensmodus eingestellt ist.

Das erste Mal in seinem Leben wünscht sich der Bischof, auch hinten Augen zu haben. Er kämpft sich den steilen Bergweg hinab, mehr auf allen Vieren, und versucht dorthin zu kommen, wo er glaubt, dass die Gerli ist. Doch auch dort keine Spur von ihr. Bischof schaut verzweifelt auf sein Telefon, obwohl er gar nicht damit rechnet, hier in diesem Abgrund ein Netz zu haben. Doch es geschehen immer noch Wunder, und als er diesmal auf das Display schaut, ist doch tatsächlich ein Stricherl beim Netzzeichen zu sehen. Er wählt die Nummer vom Kiendl. Der könnte ihn orten lassen und sofort Kollegen aus der Region hier herauf schicken.

Der Bischof sinkt zu Boden, und das letzte was er sieht, bevor ihm schwarz vor Augen wird, ist der Name Norbert K. auf dem Display. Ein Schlag auf den Hinterkopf hat ihn getroffen.

Bischof versucht, seine Augen zu öffnen, doch es fällt ihm schwer, weil das Blut, das ihm vom aufgeschlagenen Schädel ins Gesicht geronnen ist, in den Wimpern klebt. Er muss wohl längere Zeit hier gelegen sein. Mit einer Hand greift er sich ans Auge und drückt das Lid nach oben. Am Hinterkopf spürt er eine riesige Beule. Ihm ist übel und er kotzt. Der Schwindel ist auf einmal weg, als er das Gesicht von Gerli sieht. Er kann es nicht glauben. „Gerli, wo bist du gewesen? Was ist geschehen?", keucht er aufgebracht. So aufgebracht, wie man sein kann, wenn man gerade aus einer Ohnmacht in eine Schreckensszenerie hinein erwacht.

Die Gerli antwortet nicht. Ihr Gesicht ist blass und ihr Blick starr. In diesem Moment weiß er, dass sie ihm nie mehr antworten wird. Das Blut ist bereits verkrustet, und ihr Körper liegt wie ein Crash-Test-Dummy vor ihm. Ist sie abgestürzt oder hat sie jemand getötet? Und warum lebt er dann noch? Vielleicht hat der Täter vermutet, dass auch der Bischof tot ist. Es wird ihm alles zu viel. Er kann nicht mehr denken. Sein Kopf tut ihm dermaßen weh, dass er die Gerli fast beneidet hätte. Er kann sich an gar nichts mehr erinnern. Ob er mit ihr gemeinsam abgestürzt ist, das weiß er nicht mehr.

Inzwischen hat es angefangen zu regnen, und der Bischof ist schon wieder durch und durch nass. Er überlegt, wie er zur Hütte zurückkommen könnte. Sein Telefon hat er wahrscheinlich verloren. Er ist verzweifelt. Erst überlegt er, wie er die Gerli mitnehmen kann, so beeinträchtigt ist er in seinem Denken, doch dann bemerkt der Bischof rasch, dass das unmöglich ist und in diesem Fall auch unnötig. Denn Gerli starrt ihn mit ihren toten Augen an, und es gibt keine Hoffnung mehr für sie.

Trotzdem hat er das Gefühl, für sie verantwortlich zu sein. In ihrer Tasche findet er ein Feuerzeug, und er beschließt, trotz Regen ein Feuer zu machen. Aus zwei Gründen. Er will sich wärmen, und er will versuchen, auf sich aufmerksam zu machen. Bischof findet Kiefernholz und schnipselt kleine Späne, und dann versucht er sein Glück. Gerli hat er an der Unfallstelle drüben liegen gelassen, selbst ist er jetzt etwa 50 Meter weiter in einem geschützten Bereich.

Langsam kommen die Flammen. Unter dem Felsvorsprung ist es trocken, hier kann ihm der Regen nichts anhaben. Bischof will noch mehr Holz sammeln, und es dauert sicher eine Stunde, bis er genügend für die lebensrettende Wärme zusammen hat. Dann sitzt er nackt am Feuer. Seine Kleidung hat er zum Trocknen aufgehängt und langsam, ganz langsam kommen in Bruchstücken die Erinnerungen wieder. Er kann sich einfach keinen Reim darauf machen, wie das alles geschehen ist. Da muss noch jemand hier mit ihnen in den Bergen sein. Dem Bischof fällt es nach wie vor schwer, beide Augen offen zu halten. Er hält sich ein Auge zu und schaut sich um.

Da, ein Geräusch. War das ein Hubschrauber? Tatsächlich, ein Polizeihubschrauber! Anscheinend hat er doch noch mit dem Kiendl sprechen können, bevor er zusammengebrochen ist. Ein Polizist lässt sich am Seil in das unwegsame Gelände zu ihm herunter, dann ist er da und sichert den Bischof mit einem Gurt, bevor es wieder zum Hubschrauber hinaufgeht. Unten sieht er die Gerli, das Seil dreht sich, und mit ihm der Bischof, während er sich gleichzeitig immer weiter von ihr entfernt.

Der Bischof bleibt im Hubschrauber, während der Polizeibeamte ein zweites Mal hinuntergeht, jetzt um die Gerli zu holen. Dieses Mal dauert es etwas länger. Dann hängt ihr lebloser Körper in den Seilen und es sind Bilder, die sich für die Ewigkeit in Bischofs Kopf einbrennen. Nie mehr wird er das alles vergessen können.

81

Gerlis Leichnam liegt neben dem Bischof, der mit geschlossenen Augen dasitzt. Er möchte die Augen vor der Welt verschließen, so gut das eben geht. In seinem Kopf dreht sich alles, und bevor er sagen kann, dass er eine Kotztüte benötigt, ist es schon zu spät. Die letzte gemeinsame Jause mit der Gerli liegt jetzt auf dem Heli-Boden neben ihr.

„Lass nur, ich mach schon.", sagt der Arzt. Auch wenn der Bischof gewollt hätte, er wäre sowieso nicht fähig gewesen, die Kotze da wegzuwischen.

Der Hubschrauber landet am Dach des LKH Graz, und der Bischof wird auf einer Trage ins Spital gebracht. Mit einer Gehirnerschütterung soll man sich nicht spielen. Er sieht die Gerli neben sich ein letztes Mal, und es gehen ihm die Bilder vom gestrigen Abend durch den Kopf. Wie sie die Pizza gegessen haben, wie sie ihn fast zu Tode erschreckt hat, mit dieser Gerli-typischen Leichtigkeit. Und dann so ein Ende. Aber was für ein Ende würde auch schon passen, und vor allem, wann passt es? Wenn man ein alter Greis ist oder wenn man als Junger mit dem Moped von einem Auto abgeschossen wird? Wann ist der richtige Zeitpunkt, um abzutreten? - Eine Frage, mit der sich schon viele Generationen von Philosophen beschäftigt haben. Nur eines weiß der Bischof. Niemals alleine, als einsamer, dahinsiechender alter Mann in irgendeinem Krankenhaus von irgendwelchen Pflegern den Arsch ausgewischt zu bekommen. Davor muss es ein Ende haben. Ein sauberer Abgang ist da schon eine gute Lösung. Niemandem zur Last fallen und die Pensionsversicherung freut sich auch. Die sollten sich ein Bonus-System für angehende Selbstmörder einfallen lassen. Wenn ich mich bereit erkläre, mit 80 einen Abgang zu machen, dann möchte ich verdammt noch einmal mit 65 einen Bonus dafür bekommen. Der Bonus kann gar nie so hoch ausfallen, als wenn ich als Pflegefall jeden Tag drei Pfleger und einen Arzt beschäftige, und der Staat muss auch noch für die lebenserhaltenden Maßnahmen bezahlen. Nein, da unterschreibe ich gerne einen Vertrag. Zum 80. oder 85. Geburtstag bekomme ich Besuch von einer wunderschönen Krankenschwester. Sie gibt mir eine Spritze und baba schöne Welt. Das ist doch viel angenehmer, als wenn einem ein Pfarrer die letzte Ölung gibt. Ich meine, da hast du ja wirklich nichts davon. Ich hoffe, es wird in die Richtung schon bald eine Gesetzesänderung geben. Ich wäre der Erste, der das unterschreibt.

Während der Bischof der Gerli nachschaut, fängt es nach einer kurzen Pause wieder zu regnen an.

7

Irgendwie hört es gar nicht mehr auf zu regnen. Seit Tagen schon, seit die Gerli ihr Leben ausgehaucht hat, regnet es, und heute steht der Bischof am Grazer Zentralfriedhof bei ihrem offenen Grab. Es ist durch und durch ein Tag zum Weinen, und die zwanzig Leute, die sonst noch anwesend sind, kennt der Bischof nicht. Nicht ein bekanntes Gesicht ist dabei. Wäre auch ein Zufall gewesen.

Aber irgendwie fühlt er sich schon sehr alleine, und als sie Gerlis Sarg hinunterlassen, spürt er so richtig, wie die Leute froh sind, dass das Begräbnis bald vorbei ist. Dem Bischof regnet es oben beim Genick rein und unten bei den Schuhen wieder raus. Nicht, dass Ihr jetzt glaubt, er ist eine Mimose, nein, aber Ihr könnt mir schon glauben, der Regen hat kein Erbarmen, und bevor es vorbei ist, kommt auch noch ein kalter Wind auf. Als ob die Gerli sagen wollte, „Schaut, dass ihr reinkommt in die warme Stube!"

Es fühlt sich viel besser an, hier in Graz so durchnässt zu sein. Denn der Bischof weiß, hier kann er nach Hause, wenn es vorbei ist. In den Bergen hat er zwei Tage lang seine nassen Sachen angehabt.

Und jetzt will er nur noch nach Hause, sich umziehen - wäre da nicht die Mutter von der Gerli, die alle Anwesenden nochmals eindringlich bittet, doch ins nächste Wirtshaus mitzukommen. Der Bischof kann nicht nein sagen, und so sitzt er wie ein begossener Pudel mit zwanzig anderen ebenso waschelnassen Leuten zusammen bei Frittatensuppe und Schweinsbraten.

Jetzt ist die Gerli tot und ein ganzes Schwein hat auch noch dran glauben müssen, irgendwie ungerecht. Aber ich höre schon auf, ich klinge ja schon fast so wie der Kiendl, und das will ich Euch auch nicht antun.

Jedenfalls sind die Gespräche rar beim Essen, weil kaum jemand den anderen kennt. Eine Frau, anscheinend die Schwester von der Gerli, bedankt sich bei allen, die mitgekommen sind, und Gerlis Mutter ist so eine richtige alte Mama, die dann zufrieden ist, wenn alle zum Essen haben und es ihnen schmeckt.

Mit dem Bischof geht natürlich schon bald wieder der Polizist durch, und er beginnt, die Leute zuzuordnen.

Dass er Gerlis Ehemann einmal kennenlernen wird, damit hat der Bischof nicht gerechnet, und schon gar nicht, dass das auf ihrem Begräbnis sein wird.

Ob der Ehemann wohl davon gewusst hat, was sie in so vielen Nächten und auch an den Tagen getrieben hat? Er hat es gewusst, denn als sich der Bischof verabschiedet, bittet er ihn um ein kurzes Gespräch. Dem Bischof wird es ganz heiß. Eifersüchtiger Ehemann trifft auf Liebhaber beim Begräbnis seiner Frau, das kann nicht gutgehen, denkt er sich.

„Du musst wissen, wir haben eine offene Ehe geführt, wir haben uns geliebt, aber wenn es um das

85

Körperliche gegangen ist, dann haben sich unsere Wege halt manchmal getrennt, ohne zu betrügen. Wir haben uns immer alles gesagt. Es war eine super Ehe und ich habe die Gerli sehr geliebt.", sagt der Witwer, der Roland heißt, jetzt ganz ruhig. Der Bischof lauscht gespannt, was der Roland noch zu sagen hat.

„Es ist mir völlig unverständlich, wer der Gerli so etwas angetan hat. Ich weiß, dass ihr beide in den Bergen gewesen seid, aber wer war der, der euch beobachtet und der die Gerli so heimtückisch umgebracht hat? Bischof? Du bist der Bischof, oder? Die Polizei hat da noch immer keine Spur, aber hast du nicht irgendeinen Verdacht?" Der angesprochene Bischof nickt zuerst schweigend, um sich dann zu räuspern und Gerlis Witwer zu antworten.

„Roland, mein Beileid möchte ich dir aussprechen, aber ich muss dich enttäuschen, ich weiß wirklich nicht, wer uns da gefolgt ist. Kennst du den Schurl?"

Roland: „Ja, wir haben schon so manche Party zusammen gefeiert, aber den scheide ich jetzt einmal aus, der bringt niemanden um. Ein korrekter Geschäftsmann, so ist er mir zumindest vorgekommen."

Bischof: „Ja, auch die Korrektesten haben ihre Schattenseiten. Ich suche ihn schon seit geraumer Zeit, weil er nämlich verschwunden ist, und ich bin mir ziemlich sicher, dass es da auch eine Verbindung zu dem Mord an der Gerli gibt."

Roland: „Ihr wart in der Hütte vom Schurl, das hat sie mir erzählt, also ich meine, bevor ihr dort hin seid, wo sie gestorben ist."

Bischof: „Ja, sie hat mir den Platz zeigen wollen, wo sie ab und zu mit dem Schurl gewesen ist, sie war mir bei der Suche nach ihm behilflich, aber dass das so ausgehen könnte, wie es nun ausgegangen ist, mit dem habe ich natürlich nicht gerechnet. Es tut mir alles so wahnsinnig leid."

Dem Roland stehen die Tränen in den Augen, und er sieht beim Fenster raus, um seine Trauer vor dem Bischof zu verbergen.

„Wir waren ein perfektes Team, etwas ausgefallen, aber wir haben super zusammen gepasst.", fährt der Roland nach einer Nachdenkpause fort.

„Ja, einander zu lieben und trotzdem alle Freiheiten zu geben, das ist beneidenswert.", antwortet der Bischof. Er ist sich sicher, dass bei der Sache mit dem Schurl die Gerli irgendwie im Weg gewesen ist. Entweder hat sie etwas gesehen, oder sie war einfach nur zur falschen Zeit am falschen Ort.

8

Einige Tage später. Matchtag in Graz. 200 Polizisten werden in Mannschaftsbussen durch die Stadt zum Liebenauer Stadion gebracht. Ein Hubschrauber kreist über dem 7. Grazer Bezirk. Es ist noch nicht viel los vor dem Stadion. Vereinzelt verlassen Leute die Stadionkassa mit den Eintrittskarten, die sie schon jetzt für das Spiel gekauft haben, das am Abend stattfinden wird. Kinder freuen sich über den ersten Fanschal aus dem Fanshop, und dort wo früher einmal die Endstation der Straßenbahn war, sammeln sich die ersten Ultras, trinken Bier und unterhalten sich. Es sind noch fünf Stunden bis zum Match, aber sie wissen, dass die Wiener Fans, ihre Gegner, schon längst auf dem Weg nach Graz sind. Wahrscheinlich sind sie sogar schon in der Stadt. Junge Frauen werden mit ihren Mofas ausgeschickt, um verdächtige Gruppen zu beobachten und ihre Beobachtungen per Telefon nach Liebenau zu melden. An allen Stadteinfahrten und an beiden Bahnhöfen sind die Frauen positioniert und warten nur darauf, ihren Männern endlich die Botschaft überbringen zu können: „Die Wiener sind da!"

Die Polizisten machen sich langsam bereit, und ein paar der vollbesetzten Polizei-Mannschaftsbusse fahren die Conrad-von-Hötzendorfstraße auf und ab. Man hört einen Polizeifunkspruch: Auf der Laßnitzhöhe haben sich 60 Sturm-Hooligans und Wiener zu einem besonderen Treffen verabredet. Irgendwo im Wald haben sie sich geprügelt, 15 Kilometer von Graz entfernt, um nur ja dem Auge der Gesetzeshüter zu entgehen. Verhaftungen gibt es keine, Verletzte offiziell auch nicht, und wenn jemand schwerer verletzt ist, dann wird das im Krankenhaus als ein Sturz oder ein Unfall gemeldet. Quarz-Handschuhe machen die Treffer nicht nur effektiver, sie schützen auch die eigenen Hände vor Verletzungen. Zahnschutz darf natürlich auch nicht fehlen.

Beim Stadion geht es etwas ruhiger zu. Ein paar weinende Wiener Fußballfans, denen die Grazer die Fan-Utensilien abgenommen haben, sind da schon die größte Aufregung. Einer läuft sogar mit der Unterhose zur Polizei und erstattet Anzeige. Normalerweise sind die Grazer Fans ja gar nicht so, aber wenn die Wiener kommen, dann sehen sie rot. Das hat vielleicht etwas mit der alten Rivalität zu tun und dem Fernsehen, das stundenlang diesen einen Wiener Verein feiert, während ihr Verein, also Sturm Graz, nur am Rande erwähnt wird. Das ist schon immer so gewesen und es wird immer so bleiben. Weil, der ORF ist in Wien, und die meisten, die dort arbeiten sind auch aus Wien, und wenn dann auch noch ihr Verein aus Wien ist, dann ist es schon klar, wie die Berichterstattung ausfällt. Die Grazer Fußballfans revanchieren sich dann halt auf ihre Art und Weise. Zwar nicht ganz fein, aber aus steirischer Sicht verständlich.

Der Bischof macht es sich ein paar Minuten vor Spielbeginn auf seinem reservierten Längsseiten-Platz gemütlich. Er isst ein Frankfurter Würstl und trinkt dazu ein Cola. Für danach hat er sich eine

Packung Chips gekauft. Er beobachtet das Treiben der Grazer Fankurve, die mit einem riesigen Fuck-Finger die gegnerische Mannschaft begrüßt. Eine Art Überroll-Fahne mit dem Stinkefinger drauf. Darunter steht etwas, das ich Euch jetzt lieber ersparen möchte. Aber wenigstens ist die Stimmung gut und der Bischof beißt in das Würstel, als er gegenüber auf der anderen Stadionseite Leute miteinander reden sieht, von denen der eine aussieht wie der Schurl. „Verdammt! Das ist der Schurl!", und der Bischof schaut auf seine Sitzplatznachbarn, ob von denen vielleicht jemand ein Fernglas mithat. Aber natürlich hat niemand eins. Alles was man als Wurfgeschoss verwenden kann, muss nämlich beim Eingang abgegeben werden.

Der Bischof wird nervös und läuft aus seinem Sektor. Er will auf die andere Seite des Stadions, aber dort kommt er mit seiner Karte leider nicht hinein. Er versucht es trotzdem, und die Ordner lassen ihn nicht durch. Er versucht, einen ehemaligen Kollegen unter den Einsatzkräften zu erkennen, aber ausgerechnet heute kennt er absolut niemanden von den Polizisten.

„Wos san Sie, a Kollege? Dann zagn Sie mir mol Ihren Dienstausweis!", meint einer schroff zum Bischof. Dass er ein pensionierter Kollege ist, das scheint den Polizisten überhaupt nicht zu beeindrucken. Im Gegenteil. Er spricht sogar eine Drohung aus. Amtsanmaßung oder so etwas ähnliches will er dem Bischof vorwerfen. Doch da die Polizisten ein bisschen im Stress sind, meint er dann nur: „Hau di über di Häuser, bevor i grantig werd´!"

Der Bischof ist völlig fertig, weil er sich ganz sicher ist, dass dort auf der Längsseite der Schurl sitzt.

Er beschließt, auf das Spielende zu warten und hofft, dass der Schurl denselben Ausgang wie er benutzen wird. Während des Spiels hat er mit dem Kiendl telefoniert.

„Du Kiendl, ich brauche deine Hilfe, der Schurl ist aufgetaucht, weißt eh, der Kumpel von mir, der seit einiger Zeit verschwunden ist, jetzt sehe ich ihn auf einmal im Stadion, und unsere Leute lassen mich nicht rein. Kannst du das regeln?"

Kiendl: „Jo sicher Bischof, bin eh auch im Stadion, allerdings ein paar Kilometer weiter, schau mir gerade Dortmund gegen Schalke an. Aber ich versuche, den Einsatzleiter gleich telefonisch zu erreichen."

Bischof: „Von de Wurschtköpf kennt mich niemand und es wäre echt dringend."

Kiendl: „Erledige ich gleich. Halt dein Telefon bereit, es wird dich wer anrufen!".

Der Bischof ist ja ein geduldiger Mensch, außer es brennt ihm etwas unter den Fingernägeln, dann ist das Wort „geduldig" eines, das er erst im Duden nachschlagen muss.

Doch der Kiendl hält sein Versprechen, und das Telefon läutet. „Unbekannte Nummer" erscheint auf dem Display, und hastig nimmt der Bischof den Anruf entgegen.

„Grüß Sie, ich bin der Einsatzleiter vom heutigen Match, wo kann ich Sie finden? Ich habe vom Kiendl die Geschichte schon gehört.", meint die Stimme am anderen Ende der Leitung.

Der Bischof ist gerade dabei, dem Einsatzleiter zu erklären, wo er ihn finden kann, da geschieht etwas, mit dem niemand gerechnet hat. Als der Bischof gerade über den Stadion-Vorplatz geht, marschieren links Wiener Fans auf, und von der rechten Seite kommen die Fans von Sturm Graz, um sich mit den Wienern zu duellieren. Dazwischen der Bischof. Der

Einsatzleiter unterbricht das Gespräch. Mit einem Sprint rettet Bischof sich in den Fanshop und beobachtet von dort aus die riesige Schlägerei. Mitten im Spiel gehen die aufeinander los. Es scheint, als ob sie sich irgendwie verabredet hätten. Mit bengalischen Feuern, Stangen und Fäusten schlagen die verfeindeten Gruppen aufeinander ein. Die Polizei geht mit Schlagstöcken dazwischen, und Verletzte müssen versorgt werden. Der Bischof drückt sich einen Kaffee aus dem Automaten, während die Angestellten ängstlich bei den Fenstern hinausschauen.

Nach fünf Minuten scheint der Spuk ein Ende zu haben. Ein paar Festgenommene, aufgereiht beim Stadionturm, und ein paar verletzte Hooligans lassen sich von ihren Kollegen wegtragen, um einer Anzeige zu entgehen.

Der Bischof hofft auf einen nochmaligen Anruf des Einsatzleiters, weil er ihn ja nicht einmal zurückrufen kann. Weil er weder die Telefonnummer noch den Namen von ihm hat. Und er ahnt schon, dass dieser jetzt keine Zeit mehr haben wird, weil das doch unübliche und heftige Ausschreitungen gewesen sind, mit denen niemand gerechnet hat.

Zu Bischofs Überraschung aber läutet da das Telefon noch einmal, wieder mit der Anzeige „Unbekannte Nummer" am Display.

„Bischof?", meldet er sich, in Erwartung der Stimme des Einsatzleiters.

„No Bischof, wortest auf den Schurl, ha? Geh ham, du kriegst ihn zruck soboid der seine Schulden beglichen hot. Loss de Suacherei bleibn, vastehst?! Sunst schicken wir ihn stickerlweise im Schuhkarton.", sagt eine Stimme, die eindeutig zu einem Mann aus Ex-Jugoslawien gehört.

Bischof ist sprachlos. Wo hat der seine Nummer her, und woher weiß dieser Mann, dass er auf der Suche nach dem Schurl ist? Der Bischof wählt noch einmal die Nummer vom Kiendl, aber der ist jetzt nicht mehr erreichbar, dann geht er zu einem der beiden Ausgänge und hat damit eine 50:50 Chance, dass der Schurl an ihm vorbeikommt. Dort wartet er gespannt und gleichzeitig mit dem Gefühl, dass der Schurl schon längst weg ist, falls er heute überhaupt hier gewesen ist.

Tatsächlich verlässt kein Schurl das Stadion, zumindest nicht durch den Ausgang, bei dem der Bischof steht. Er ruft ihn noch einmal an, und auch kein Schurl geht ans Telefon. Wie schon die ganze Zeit seit seinem Verschwinden ist auch jetzt wieder nur die Mobilbox erreichbar. Langsam macht sich der Bischof wirklich ernste Sorgen um seinen Kumpel.

Er beschließt, jetzt gleich zu Schurls Frau Renate zu fahren, weil die sicher irgendetwas zu seinem Verschwinden sagen kann. Der Bischof ruft sie an und erzählt ihr, dass er dringend mit ihr reden muss und schon auf dem Weg zu ihr ist. Sie ist einverstanden, ihn zu sehen. Eine Stunde später ist er bei ihr. Ganze drei Kilometer hat er in einer Stunde geschafft. Das ist die Strafe, wenn man nach einem großen Sturm-Spiel mit dem Auto von dort weg will. Normalerweise lässt man so ein Spiel noch gemütlich mit Freunden in einem Lokal ausklingen und fährt dann entspannt weg, nachdem sich der Stau aufgelöst hat. Aber der Bischof muss jetzt ganz dringend mit Renate sprechen. Nur, zu Fuß wäre er heute sicher schneller bei ihr gewesen. Endlich bei Renate angekommen, will der Bischof keine Zeit mehr verlieren. Er will jetzt endlich ein bisschen mehr Klarheit in der Sache, und einer der Schlüssel dazu kann nur die Ehefrau sein. Wenn nicht sie, wer sonst soll das seltsame Verhalten vom Schurl erklären können.

Renate spricht von Depressionen, die den Schurl seit geraumer Zeit plagen, dass er kaum mehr fähig gewesen ist, am Morgen aufzustehen und über tage- und wochenlang anhaltende Kopfschmerzen. Schmerzen, die es ihm unmöglich gemacht haben, ein normales Leben zu führen. Renate erzählt dem Bischof auch von mehreren ominösen Anrufen, die sie zufällig mitbekommen hat. Schurl hat danach immer gemeint, dass sich da wohl jemand verwählt haben muss.

„Weißt Bischof, ich glaube der Schurl hat nicht nur ein Geheimnis.", meint Renate mit trauriger Stimme.

Als Ex-Polizist kennt er das von seinem Beruf. Er erkennt sofort, wenn jemand reden will, und der Bischof weiß auch, wie er es schafft, Leute, die reden wollten, auch reden zu lassen, ohne allzu sehr aufdringliche Fragen zu stellen. Ein kurzes „Was meinst damit, Renate?", reicht, und er weiß, dass die Angesprochene nun zu erzählen beginnen wird. Es liegt ihr etwas auf dem Herzen, und der Bischof spürt es, das muss raus.

„Der Schurl hat ganz viel Unglück über unsere Familie gebracht. Es ist unentschuldbar, was er getan hat.", die Renate zögert wieder, und der Bischof wartet gespannt.

„Ja, das hast du mir das letzte Mal am Telefon schon gesagt, als du dann plötzlich das Gespräch beendet hast.", fügt der Bischof hinzu. „Ich kann mich erinnern, dass ich das gesagt habe. Duuuu, Bischof?" Dieses „Duuuu Bischof" kommt als Frage, und der Bischof weiß, jetzt redet sie gleich.

„Du bist ein Freund vom Schurl. Hast du als Ex-Polizist auch eine Verschwiegenheitspflicht? Oder kann ich dir vertrauen?", fragt Renate erwartungsvoll.

„Du kannst dich natürlich zu 100% darauf verlassen, dass ich nichts ausplaudern werde, was euch schaden könnte.", gibt sich der Bischof verständnisvoll.

„Gut, dann erzähle ich dir jetzt etwas, aber bitte, das muss unter uns bleiben." Ein leicht verzweifelter Renate-Blick in Richtung Bischof untermauert ihre Forderung.

„Geht klar, kannst dich auf mich verlassen.", gibt der Bischof als Antwort zurück.

„Nun, der Schurl hat unser Haus, unsere Firma, unseren ganzen Besitz verspielt. Hast du das gewusst?"

Der Bischof schüttelt den Kopf. Er ist total überrascht. Dass der Schurl krank ist, hätte er noch am ehesten erwartet, aber ein Spieler? Das geht jetzt so gar nicht in Bischofs Hirn rein. Natürlich ist Spielsucht auch eine Krankheit, und der Bischof kennt ja einige von den spielsüchtigen Leuten, die zuerst alles Hab und Gut verloren haben und dann ihre Familien. Aber der Schurl doch nicht! Den hat er ja noch kein einziges Mal mit einem ausgefüllten Lottoschein gesehen. Die Spieler, die der Bischof kennt, sind allesamt auf ihre Sucht fixiert und nach einem kurzen Gespräch haben sie alle immer von ihren Wettzetteln, ihren Automaten oder Kartenrunden gesprochen. Niemals hat er auch nur annähernd so etwas vom Schurl gehört. Der Bischof kann es nicht begreifen. Einer seiner besten Freunde scheint ein Doppelleben zu führen, das er bis zum Zusammenbruch vor seiner

Familie und auch vor ihm, einem seiner besten Freunde, völlig geheim gehalten hat.

„Wie bist du hinter seine Spielsucht gekommen? Hat er es dir gesagt?", fragt der Bischof, als er sich langsam von Renates Nachricht erholt hat.

„Jein, es war so eine Mischung. Ich habe den Schurl einmal gefragt, warum wir plötzlich so viele eingeschriebene Briefe bekommen. Finanzamt, Sozialversicherung, Banken, und, und, und. Er hat immer beschwichtigt und erzählt, dass das alles okay ist, und ich mir keine Sorgen machen soll. Aber irgendwann habe ich in seinem Büro dann Mahnungen gefunden, private und auch welche von der Firma. Da habe ich ihn dann nochmals zur Rede gestellt, und er hat mir seine Spielsucht gestanden. Er hat nicht mehr aus können, das Wasser ist uns bereits bis zum Hals gestanden. Ich habe dann wohl so eine Art Nervenzusammenbruch gehabt, als er mir erzählt hat, dass die Firma nicht mehr zum Retten sei, und das Haus, das wir gemeinsam gebaut haben, auch bald weg sein würde. Ich bin aus allen Wolken gefallen und habe wohl falsch reagiert. Ich habe ihn angeschrien, ihn beschimpft und dann habe ich ihn gebeten, zu gehen. An diesem Abend dürfte er sich mit dir getroffen haben. War er nicht irgendwie komisch damals? Hat er mit dir nicht über die Probleme reden wollen?" Renates Blicke sind eine Mischung aus Trauer, Wut und Resignation.

Doch der Bischof kann ihr einfach nichts Beruhigendes sagen. Nichts, was ihr jetzt helfen könnte.

Bischof: „Nein, es tut mir leid, kein Wort hat er gesagt, aber das ist auch nicht besonders schwer gewesen, weil er mich wie immer warten gelassen hat, dann hat er an seinem Telefon herumgespielt und zum Schluss ist er vom Klo nicht mehr zurückgekommen. Ich war mehr verärgert als verwundert, weil er mich immer so lange warten lässt. Bei wem hat er seine Schulden gehabt? Was hat er gespielt? Automaten? Karten? Sportwetten? Weißt du was?"

Renate: „Nein, soweit sind wir im Gespräch gar nicht gekommen. Er ist dann gleich nach meinen Vorwürfen raus bei der Tür. Nur im Büro habe ich halt Sportwetten-Zettel gefunden. Aber Nachweise über seine Einsätze waren nicht dabei."

Bischof: „Zu seiner Verspätung hat er gesagt, dass er Johannes vom Training abholen oder hinbringen hat müssen. Genau weiß ich das nicht mehr. Hat das gestimmt?"

Renate: „Nein, unser Sohn ist an diesem Tag mit seinen Freunden zum Training. Der Schurl hat ihn gar nicht gesehen."

Bischof seufzt: „Aber vielleicht ist er auch wirklich aufgehalten worden und hat es einfach nicht zugeben wollen. Weißt du noch, um welche Uhrzeit er weg ist? Ich kann es nämlich ziemlich genau sagen, wann wir uns getroffen haben. Es war gegen Ende der zweiten Halbzeit, als er im Lokal aufgetaucht ist. Vielleicht ist es auch total unwichtig, aber wir sollten wenigstens versuchen, den Abend seines Verschwindens zu rekonstruieren."

Renate: „Tut mir leid, das weiß ich nicht mehr genau, es war vielleicht acht, könnte aber auch halb neun gewesen sein, als wir gestritten haben. Dann ist er gleich weg."

Bischof: „Dann hätten wir ein großes Zeitfenster, in dem wir nicht wissen, was der Schurl gemacht hat. Er ist ja mit dem Auto zum Lokal gekommen. Wäre er direkt von zu Hause gekommen, dann wäre er in fünf Minuten dort gewesen. Er ist aber erst gekommen, wie die zweite Spielhälfte schon weit fortge-

97

schritten war, nämlich so zwischen viertel zehn und kurz nach halb elf. Und hat er sich danach noch einmal bei dir gemeldet?"

Der Bischof wiederholt seine Sätze ganz bewusst, um sicher zu gehen, dass ihn Renate in ihrer Aufregung auch versteht.

Renate: „Nein, ich hätte wahrscheinlich auch nicht abgehoben, und er hat es auch gar nicht versucht."

Bischof: „Ich glaube, ich habe heute den Schurl im Stadion gesehen, ich kann mich aber auch getäuscht haben, ich bin ja auf der anderen Längsseite gesessen, aber da war ein Typ, der sich wie der Schurl bewegt hat, und der auch wie der Schurl ausgesehen hat, und danach habe ich noch einen anonymen Anruf bekommen, und der Typ am anderen Ende hat gemeint, ich sollte aufhören, nach dem Schurl zu suchen."

Renate: „Das klingt ja fürchterlich, glaubst du, dass ihn jemand entführt hat?"

Bischof: „Ich will gar nichts mehr ausschließen, der Schurl hat sich anscheinend mit Leuten angelegt, die nicht gut auf ihn zu sprechen sind."

Renate: „Soll ich zur Polizei gehen und das anzeigen, ihn als vermisst melden?"

Bischof: „Ja, das wäre gut. Meine Kollegen können da mehr tun als ich."

Bischof ist froh, dass er mit Renate gesprochen hat, ein bisschen klarer ist die Geschichte nun geworden, und gleichzeitig hat das Gespräch neue Fragen aufgeworfen. Er fragt Renate noch nach dem Auto, ob es schon wieder zu Hause ist, oder ob es noch immer beim Lokal steht. Er bietet ihr an, es nach Hause zu holen, damit keine weiteren Strafzettel zu bezahlen sind.

Bischof geht zu Fuß zum Lokal und setzt sich dann ans Steuer von Schurls Auto. Er sucht nach den Papieren und findet etwas sehr Interessantes: Wettscheine! Scheine mit 100 Euro-Wetten, Scheine mit 400 Euro-Wetten und einige mit 1000 Euro und mehr. Alle sind sie in der letzten Woche aufgegeben worden, und es waren alles Vereine, auf die der Schurl da gesetzt hat, die nicht einmal der Bischof gekannt hat, obwohl der doch ein großer Fußballfan ist. Ich will Euch da jetzt nicht mit Namen von Mannschaften langweilen. Nur so viel, der durchschnittliche österreichische Fußballfan hätte sicher Probleme, die Namen richtig auszusprechen, zumindest von denen, die nicht aus Österreich waren. Es waren viele verschiedene Vereine darunter, von Österreich bis nach Albanien. Schurl muss der totale Insider gewesen sein. Er hat große Summen auf vermeintliche Außenseiter gesetzt. Das ist dem Bischof nicht auf den ersten Blick klar gewesen, nur bei den Quoten hat er dann gesehen, dass der Schurl jeweils auf diese getippt hat.

Er stellt das Auto zur Renate nach Hause, gibt ihr die Schlüssel, erzählt ihr von seinem Fund und bittet sie, diese Wettscheine mitnehmen zu dürfen.

„Was in aller Welt hat den Schurl zu solchen Tipps getrieben?", fragt sich der Bischof laut. Wie kann es sein, dass ein halbwegs intelligenter Mensch wie der Schurl auf solche komischen Ideen kommt? Bischof fährt nach Hause und macht sich weiter seine Gedanken.

Doch der Tag soll nicht gut enden. Denn vor seiner Tür wartet ein Mann, der von seinem Auto aus den Bischof beschimpft. Erst kennt sich der Bischof nicht aus. Dann, als der Name Brunhilde fällt, da fällt bei ihm auch der Groschen. Der eifersüchtige Ehemann mit der swingenden Ehefrau, die sich im Erotikforum „Brunhilde" genannt hat, der hat den armen Bischof abgepasst, um ihn zur Rede zu stellen. Und jetzt steigt er aus.

Bischof: „Bevor du da jetzt weiterschimpfst, will ich eines einmal klar stellen: Ich kenne deine Frau überhaupt nicht. Ich will ganz sicher nichts von ihr. Der einzige Zusammenhang mit deiner Frau ist ein Fall, in dem ich recherchiere. Ich bin ein pensionierter Polizist und mache meine Recherchen privat. Und deine Frau ist ein Mini-Hoffnungsschimmer gewesen, dass ich da weiterkomme. Noch einmal: ich kenne sie nicht und habe noch nie mit ihr geredet, weil damals du abgehoben hast."

„Woher hast dann ihre Nummer, wennst schon so unschuldig bist?", fragt der mittlerweile etwas ruhiger gewordene Ehemann.

„Auf einem Computer gefunden, sie hat Kontakt zu einem Mann gehabt, der verschwunden ist, und deshalb habe ich sie zu dem Herrn befragen wollen.", meint der Bischof, jetzt schon viel selbstsicherer, weil er bemerkt, dass sich sein Gegenüber etwas entspannt hat. Weil, wenn sich so ein Eifersüchtiger schon die Mühe macht, stundenlang auf einen vor der Haustüre zu warten, dann ist ihm wohl so Einiges zuzutrauen. Da muss man schon etwas vorsichtig sein. Nasenbeinbruch wäre da noch eine harmlose Verletzung, in Zeiten, in denen wieder Messer in Mode zu kommen scheinen.

Der Mann steigt wortlos in sein Auto und fährt davon, und der Bischof bleibt überrascht zurück. So schnell hätte er nicht gedacht, dass er den jetzt los wird. In der Wohnung angekommen, kontrolliert er Schurls Wettscheine. Sind Gewinne drauf? Und wie hoch sind die Verluste? Alles Fragen, die den Bischof beschäftigen.

Ihr werdet jetzt nicht verwundert sein, wenn ich Euch erzähle, dass kein einziger Gewinn auf den Scheinen zu finden war. Da waren knapp 7000 Euro an Wettscheinen, die Schurl in drei Tagen gespielt hat. Außenseitersieg hier, Außenseitersieg da, war auf den Wettscheinen zu sehen, aber gewonnen haben immer die anderen, nämlich die Favoriten. Ein teures Hobby, das sich dieser Schurl da zugelegt hat und ein verlustreiches noch dazu.

Immer wieder sind da Spiele aus der zweiten bosnischen Liga und internationale Freundschaftsspiele, bei denen es um nichts geht. Die kann man ja am leichtesten manipulieren, denn ein verlorenes Testspiel schadet niemandem und bringt Geld, zumindest wenn die Wette aufgeht.

Der Bischof denkt an den Proleten in seinem Proleten-Schlitten und erinnert sich an die Zündholzschachtel. Hat das etwas zu bedeuten gehabt? War die Zündholzschachtel ein Hinweis? Hat man den Schurl etwa dorthin gebracht, in diese Pension, und halten sie ihn dort fest? Ich meine, das macht doch keinen Sinn, oder? Wenn jemand Spielschulden hat, dann will man natürlich an sein Geld kommen, und wenn man keine Chance hat, das Geld einzutreiben, dann schreckt man vielleicht andere ab, indem man dem Schuldner etwas antut oder ihn zumindest so unter Druck setzt, dass sich das nicht mehr wiederholt. Aber entführen und still halten und so kleine versteckte Hinweise geben wie in einem billigen Krimi-Ratespiel? Das passt einfach nicht. Das denkt sich auch der Bischof, und sein Hirn rattert und rattert. Es rattert so lange, bis er endlich in seinen Träumen versinkt, und selbst da verfolgt ihn der Schurl noch hin. Irgendwie macht sich der Bischof mehr Sorgen um Schurls Familie als um den Schurl selbst. Schließlich hat er das ganze Drama ja verursacht. Der Schurl, von dem der Bischof gedacht hat, dass er sein Freund war. Sogar ihn hat er täuschen können.

9

Der Tag ist für den Bischof aufregend gewesen und ermüdend zugleich. Jetzt betritt er seine Noch-Wohnung, isst, duscht und legt sich ins Bett, und vielleicht kennt ihr das ja: Bei diesen Bauten aus den 2000ern, wo einem sogar des Nachbarn Blähungen nicht verborgen bleiben, kein Klogang, kein nach Hause kommen, nichts kann geheim gehalten werden. Der Bischof ist im ersten von zwei Stockwerken in einem dieser Siedlungshäuser, und pünktlich wenn er schlafen will, beginnt sie, diese Nachbarin Marke „esoterische Hysterikerin", mit dem Staubsaugen, oder sie trampelt mit ihren Stöckelschuhen hin und her.

„Was kann ich gegen diese Funzn tun? Wie kann ich diese Art von Folter beenden? Was kriege ich für einen Mord im Affekt?", denkt sich der Bischof wieder einmal, doch die Dame über ihm kennt keine Gnade. Es ist 02:30 Uhr morgens und sie tobt mit ihrem Staubsauger da oben herum, schiebt Tische und Sessel quietschend durch die Gegend, und als der Bischof denkt, dass sie jetzt endlich fertig ist, weil er hört, dass sie schnellen Schrittes den Staubsauger in die Abstellkammer bringt, dann beginnt das nächste Martyrium für ihn. Die schrecklichsten Schlager werden aus den Boxen gejagt, und wenn Bischof denkt, es ist eh schon alles egal und schlimmer kann es nicht

103

mehr werden, dann beginnt sie zu singen. Die steirische Ausgabe von Helene Fischer kann aber leider
weder singen noch den richtigen Takt dazu mit ihren
Stöckelschuhen klopfen.

Es ist 02:45 Uhr morgens, als es dem Bischof
reicht. Er fasst allen Mut zusammen, riskiert das gute
nachbarschaftliche Verhältnis und geht hinauf, um an
die Glastüre zu klopfen. Doch niemand öffnet, obwohl der schreckliche Gesang von drinnen in Bischofs Ohren dringt. Er klopft lauter und lauter.
Nichts. Keine Reaktion. Dem Bischof reicht es jetzt.
Er trommelt gegen die Glastüre und es geschieht das,
was man gemeinhin als Unfall bezeichnen würde.
Die Glastüre bricht in tausend Stücke und siehe da,
Musik aus, Gesang aus, Stöckelschuhe trippeln im
Laufschritt zur Eingangstüre und sie öffnet sich nicht,
weil es keine Tür mehr zum Öffnen gibt. Doch
Bischof traut seinen Augen nicht. Es ist nicht diese
hübsche aber vollkommen gestörte Nachbarin, die er
erwartet hat, Estefania, wie sie sich im Stiegenhaus
bei ihm vorgestellt hat, als Bischof noch nicht gewusst hat, dass Stefan ihm einmal das Leben schwer
machen wird. Estefania ist Stefan, ein Mann. Obwohl
sich der Bischof fürchterlich über den Typen ärgert,
spricht er ihn weiterhin mit Estefania an. Er will bei
allem Ärger respektvoll bleiben, auch wenn da jetzt
Stefan in Boxershorts, Stöckelschuhen und oben-ohne dasteht. An diesem Oben-ohne muss der Bischof
erkennen, dass es sich nicht um Estefania handelt.
Breite Schultern, ein leichter Flaum auf der Brust,
und die Stimme ist plötzlich so tief. Wie hat sich
Bischof so täuschen lassen können?
„Was mach' ma jetzt?", meint Estefania sichtlich
entsetzt über die zirka 100 000 Splitter, die da am Bo-

den liegen. Dem Bischof ist es sichtlich peinlich, und er will aus dieser Situation schnell wieder raus.

„Ich rufe morgen früh die Versicherung an und den Glaser, und dann vergessen wir das. Ich versuche seit einer halben Stunde, mich bemerkbar zu machen. Du raubst mir den Schlaf Estefania, und das meine ich nicht positiv!", sagt Bischof.

„Echt? Das tut mir leid, ich habe nicht gewusst, dass diese Wände so hellhörig sind.", entgegnet Estefania.

Bischof: „Zwischen uns ist eine Decke, und so wie du aufdrehst, könnte ich sogar im anderen Haus wohnen, würde ich dich noch hören. Das mit der Türe tut mir leid, und ich bitte dich wirklich, in der Nacht etwas leiser zu sein."

Estefania: „Werde ich machen Bischof, und du schlägst mir dafür keine Türen mehr ein, ist das okay?"

Estefania sagt das mit einer Stimme, nicht männlich, sondern nur aufgeregt weiblich, dass Bischof schon wieder vergessen hat, dass vor ihm eigentlich ein Stefan steht. Nur kurz hat er den Gedanken, diese Estefania oder dieser Stefan will ihn vielleicht nur verarschen.

Bischof: „Ja, das sollte auch nicht mehr vorkommen, Estefania. Gute Nacht!"

Estefania: „Bischof, vielleicht kommst einmal vorbei auf einen Versöhnungstrunk."

Der Bischof ist total überrascht. Er will keinesfalls in die Wohnung von einem Stefan, der eine Estefania ist. Er will sich darum bemühen, dass da keine Missverständnisse aufkommen. Der Bischof ist weltoffen und er will, dass alle Menschen so leben können, wie sie es möchten, aber er will keinesfalls in den Verdacht geraten, mit einer Transe ein Verhältnis zu haben.

„Vielleicht passt es ja irgendwann, danke dir.", meint der Bischof ruhig und dreht sich um.
Er will jetzt nur noch schlafen und das vergessen, was er gesehen hat.

Bischof schläft und träumt. Es ist Schurls Fall, und Estefania kommt darin vor. Plötzlich steht sie mit langen Beinen in kurzem Rock vor ihm. Das Bild geht langsam hoch, wie es manchmal in diesen amerikanischen Filmen so ist, wenn eine verführerische Frau mit der Kamera eingefangen werden soll. Die Kamera schwenkt nach oben, Bischof steuert sie, und kurz oberhalb der engen Bluse schreckt er auf. Es ist Estefania mit Vollbart, die sich in seinen Traum geschlichen hat und sich so lasziv vor ihm bewegt. Sie reißt sich die Bluse vom Leib, und Estefania ist so behaart, dass selbst Tarzans Cheeta vor Neid erblassen würde. Sie schreit, „Bischof! Bischof! Du bist mein Hengst!", und Bischof schreit auch und wacht schweißgebadet auf.

Er steht auf, schaltet das Licht ein, geht ins Badezimmer und duscht eiskalt. Jetzt ist er munter, und auf dem Weg ins Zimmer sieht er diese Streichholzschachtel auf der Kommode liegen. Er nimmt sie und setzt sich an den Computer, um herauszufinden, wo die darauf abgebildete Pension genau ist. Ein paar Streichhölzer fehlen. Bischof denkt nach. Ist das jetzt eine Aufforderung für ihn, dorthin zu fahren? Würde sich dort Schurls Spur wiederfinden?
Bischof denkt bis in die Vormittagsstunden nach und ruft dann bei seinen ehemaligen Kollegen an, um sich zu informieren, ob sie etwas Näheres zu dem

Fall wissen. Doch erfahrungsgemäß geht das nicht so schnell, wenn ein Mensch erst so kurze Zeit verschwunden ist. Denn die meisten Leute tauchen wieder auf, wenn sie ihren Rausch ausgeschlafen haben, oder die heimliche Geliebte dann doch die Nase voll hat von ihnen, oder es geht das Geld aus. Selten, dass Leute über Jahre verschwunden bleiben, und wenn doch, dann werden sie meist nur noch tot gefunden. Aber Schurl lebt, da ist sich der Bischof mittlerweile sicher. Nur ob das so bleiben wird, das weiß er nicht.

Bischof weiß nicht, was er jetzt machen soll. Was ist der nächste logische Schritt in diesem, seinem persönlichsten Fall? Er überlegt und ist sich plötzlich sicher, dass er nach Bosnien-Herzegowina fahren muss, denn irgendwie spürt er, dass er dort auf die Spur von Schurl kommen wird. Es ist kein Indiz, das ihn dazu veranlasst, es ist reine Intuition und natürlich diese Streichholzschachtel, die ihm der Prolet aus seinem Auto vor die Füße geworfen hat. Diese fünfeinhalb bis sechs Stunden Autofahrt will der Bischof auf sich nehmen. Weniger als nichts kann ja dort nicht rauskommen.

10

Der Bischof fährt zeitig in der Früh los. Er mag es, im Dunkeln zu starten, wenn die meisten Menschen noch schlafen. Sein Radio spielt Ö3, einen der schrecklichsten Musiksender Mitteleuropas. Doch er lässt den Sender laufen, weil das der deutschsprachige Sender ist, den er noch am längsten empfangen kann, wenn er die österreichische Grenze hinter sich gelassen hat. Nicht dass Ihr jetzt glaubt, der Bischof hätte schon 50 km außerhalb Österreichs an Heimweh gelitten, nein, er will einfach die Verkehrsnachrichten hören, um nötigenfalls Staus umfahren zu können.

Dieses Gelaber im Radio, diese gute Laune, zum Kotzen. Da rufen die Leute beim Sender an und erzählen, wie geil das Leben ist und wie toll es ist, wenn es im Sommer 39 Grad im Schatten hat, und der Radiosprecher überschlägt sich fast vor Freude, wenn er erzählt, dass es noch weitere zwei Wochen so heiß bleiben soll. Ich meine, welcher normale Mensch mag so eine Hitze? Immer rufen nur gut gelaunte Menschen bei diesem Ö3-Sender an, und alle sind glücklich und lustig und sportlich und beliebt, mit vielen Freunden, und, und, und. Da ruft dann so ein Kasperl an und im Hintergrund quietschen vergnügt fünf Lauras und vier weitere Kasperln, wie bei der Karlich-Show, wo ein Animateur eine Tafel hoch hält, wenn die Leute zum Lachen oder zum Applaudieren haben. Ich meine, da ruft nie eine übergewichtige, einsame 23jährige Frau an, die gerade vorhat, sich vom Grazer Schloßberg zu stürzen, nein, den Leuten wird vorgegaukelt, dass man der einzige Mensch auf der ganzen Welt ist, dem es scheiße geht. Man fragt sich dann selbst, was mit einem nicht stimmt. Allen geht es doch so gut, alle sind sie happy, auch wenn sie drei Minuten davor noch beim gleichen Sender in den Nachrichten erzählt haben, dass ein Erdbeben ein halbes Land zerstört und ein paar tausend Leuten das Leben gekostet, und in einem anderen Land ein Tropensturm eine ganze Insel quasi ausgelöscht hat. Auf Ö3 ist man nach der Werbeeinschaltung sofort wieder gut gelaunt. Denn wer lässt sich schon von solchen Kleinigkeiten die gute Stimmung verderben? Da machen wir schnell eine Weihnachtsaktion für die Leute dort und die Ö3-Fuzzis können weiter zufrieden ihren Dauergrinser halten, und ein ganzes Land mit ihrer idiotischen Musik verblöden. Kein Wunder, wenn einem da der Kragen platzt. Dem einen platzt der Kragen und dem anderen der Sprengstoffgürtel. Der Hass auf die westliche Welt wird verständlich, wenn man den Radiosender Ö3 hört. Ich meine, dieser Radiosender ist so ehrlich wie ein Essen an einem schön gedeckten Tisch, mit fein gekleideten Leuten, und dabei haben sie alleine durch ihre Ernährungsgewohnheiten davor ein Blutbad angerichtet. Aber natürlich alles mit Stil, alles sauber, und alle haben sich lieb.

Aber zurück zur Geschichte. Bosnien-Herzegowina, ein heiß umkämpfter Staat in den 90er Jahren. Bosniaken, Serben und Kroaten teilen sich dieses Land. Ein Land, das nicht ganz so öd wie die Südstadt ist, aber fast. Hohe Arbeitslosigkeit und wirt-

109

schaftlich noch immer dahinvegetierend, und die Korruption in diesem Land war und ist himmelschreiend. Die Österreicher beschweren sich über die korrupten Politiker in ihrem Land, aber die sind in Wahrheit Waisenknaben gegen die Leute, die das Sagen in Bosnien-Herzegowina haben. Ohne Bestechung geht dort gar nichts.

Ein führender UNO-Soldat hat dem Bischof einmal erzählt, dass ein kleiner Verkehrsunfall ausreichen würde, um einen Krieg zwischen Bosniaken, Kroaten und Serben auszulösen. Nach Ende des Krieges haben einige Golfstaaten in Bosnien Millionen investiert, um den streng konservativen Islam salonfähig zu machen und den moderaten bosnischen Islam zu verdrängen. Das sieht man heute, wenn man über die kroatische Grenze fährt, sofort. Moscheen-Neubauten an allen Ecken. Doch was erzähle ich Euch da eigentlich?

Der Bischof ist jetzt jedenfalls nach der langen Fahrt von Graz aus an der bosnischen Grenze angekommen. Die Beamten fragen ihn, was er denn in Bosnien möchte, und er antwortet wahrheitsgemäß. Völlig unbeeindruckt winkt ihn der Grenzbeamte weiter. In Österreich würde diese Art der geringen Wertschätzung „Schleich dich" heißen. In Bosnien spart man sich die Worte. Es reichen Blicke und ein Handzeichen.

Der Bischof ist also in Bosnien, und er fährt die Straße entlang, Richtung Süden, nach Tuzla. Überall am Straßenrand stehen diese Tafeln mit Totenköpfen darauf. „Vermint! Zirka noch 300 Jahre.", hat ihm der gleiche UNO-Soldat einmal vor längerer Zeit erzählt. Aber der Bischof hat erst vor kurzem gelesen, dass die Entminung so um 2040 abgeschlossen sein soll.

Drei Kilometer vor dem Stadtzentrum befindet sich die Pension Dana. Dort angekommen, hofft Bischof eine Garage zu finden, weil er hat Angst, dass er mit dem Zug nach Graz zurückfahren muss. Doch seine Angst ist unbegründet. Nicht, dass die Kriminalitätsrate in Bosnien niedriger als anderswo ist, aber seine alte Karre ist wohl weniger gefährdet als die vielen teuren Schlitten, die durch Tuzla fahren.

Da ist sie, Dana. Mitte 40, blond und nicht unattraktiv. Bischof sieht sie an und schaut sich gleichzeitig um. Wo ist ihr Mann, sind irgendwo Bilder der Familie? Ist sie alleine oder ist sie vergeben oder verheiratet? Bischof freut sich, als sie in einem wunderschönen Deutsch mit dem typisch slawischen Akzent zu ihm spricht. Er mustert sie, dann teilt er sie in dem männertypischen System in eine Kategorie ein. Da wäre die Frau fürs Herz, die man heiraten möchte. Da wäre dann die Superschlampe, die man als reines Sexobjekt sieht und dann gibt es noch die Art von Frau, die man nicht einmal für Geld anrühren möchte, aber die gibt es eher selten. Männer sind da ziemlich einfach gestrickt. Das heißt, sie folgen ihren Instinkten. Nicht, dass Ihr jetzt denkt, dass sie es deshalb leichter haben im Leben, im Gegenteil. Männer sind von der Pubertät an ständig damit beschäftigt, ihre Gene zu verteilen. Sie suchen und suchen, so verheiratet können sie gar nicht sein. Ein schweres Los. Dana ist der Frauentyp, heiraten um mit ihr Kinder zu kriegen, soweit das in dem Alter noch möglich ist.

Obwohl, eigentlich liebte der Bischof eher so die Frauen von der Sorte schweizerische Schirennläuferin. Die Erika Hess hat er geliebt, die Maria Walliser erst und später die Sonja Nef. Wenn die in ihrem schwyzerdütsch Interviews gegeben haben, da war er dann immer sofort ganz hin und weg. Weil sympathisch waren die auch noch, das hat es im ÖSV-Damenteam eher selten gegeben. Da hat es entweder nur sympathisch aber sonst halt so naja, Ihr wisst schon, gegeben. Aber was erzähle ich Euch da schon wieder? Ihr wisst ja selber, was ich damit sagen will, bevor mich die Frauenrechtlerinnen jetzt gleich steinigen. Es ist halt wie bei der Extrawurst. Das Auge isst man mit. Kleiner Scherz am Rande.

Bischof marschiert in die Innenstadt von Tuzla. Er ist noch nie dort gewesen und irgendwie erinnert ihn diese Stadt an Graz. Kaffeehäuser reihen sich an Kaufhäuser, und die Leute scheinen alle gut gelaunt zu sein. Keine Spur von Tristesse oder Verzweiflung. Hier in Tuzla scheint alles gut zu sein. Bischof setzt sich in ein Lokal, bestellt einen Kaffee und versucht, diesen irgendwie zu genießen. Seine Gedanken kreisen um den Schurl. Irgendwo in Bosnien muss er zu finden sein, davon ist der Bischof überzeugt. Ein EU-FOR-Fahrzeug bleibt direkt neben dem Kaffeehaus stehen, und zwei Männer in österreichischer Militär-Uniform steigen aus. Bischof freut sich, zwei Landsleute zu sehen und begrüßt sie im Grazer Dialekt. Die Männer sind auch erfreut und setzen sich zum Bischof, der ihnen seine Geschichte gleich ausführlich erzählt.

Für die beiden ist der Bischof wohl ein seltsamer Kauz, um es vorsichtig auszudrücken, denn was für ein normaler Mensch fährt schon ins Ausland, nur weil er vage annimmt, dass sein Kumpel sich eventuell dort verstecken könnte oder dort gefangen gehalten wird.

Nachdem der Bischof den Soldaten seine Geschichte fertig erzählt hat, stellt sich heraus, dass der eine, der Truppenleiter in dieser Region ist. Wie das jetzt genau heißt, das weiß ich nicht, das müsst Ihr jetzt bitte selber nachschauen.

„Weißt was Bischof, ich glaube, es wird nichts bringen, aber wir können trotzdem versuchen, dir zu helfen.", meint er.

„Gibt es hier in Bosnien so mafiaähnliche Organisationen, die vielleicht mit Sportwetten ihr Geld verdienen?", fragt der Bischof die beiden konkret.

„Ach weißt, in Bosnien gibt es nichts, was es nicht gibt. Das kannst du mir glauben. Sicher auch Sportwetten-Mafia-Paten. Allerdings muss ich dich gleich enttäuschen, mir ist diesbezüglich nichts bekannt. Nicht einmal gehört habe ich davon.", meint der Chef der beiden, der Meier, der eher einer von der gemütlichen Soldaten-Sorte ist. Ganz so sportlich wirkt er nicht. Der zweite ist ein hagerer Typ, nicht mehr ganz jung und dürfte eher zur Sparte zäher Bursche gehören. Einer, der nach dem Dienst wohl noch Laufen geht. Sie tauschen jedenfalls die Telefonnummern aus und verbleiben so, dass sich der Bischof jederzeit bei ihnen melden kann, wenn er etwas braucht.

Der Bischof beschließt, dann noch ein wenig ins Stadtzentrum zu gehen. Er will dort einfach die Leute studieren. Das tut er gerne. Leute beobachten, über sie nachdenken, sie in Kategorien einteilen. Vielleicht eine Art Berufskrankheit.

Aber er weiß auch, dass sie ihn beobachten. Nur nicht, wer. Früher hat man gewusst, wie Verbrecher aussehen. Tätowiert, ungepflegt, unrasiert - aber heutzutage kann man das gar nicht mehr so genau feststellen. Die wahren Verbrecher sehen nun nicht mehr so richtig gefährlich aus, heute sehen sie eher aus wie der eine Bürgermeister, dessen Namen ich jetzt aber vergessen habe. Gestriegelt, rasiert, gekämmt und mit einem Gesicht, bei dem die meisten Schwiegermütter ins Schwärmen kommen. Darum wählen sie den trotzdem, auch wenn er die Stadt noch so verunstaltet. Er ist halt ein Mann, dem man vertrauen kann, selbst wenn er die letzten Bäume abholzen lässt und dort ein Kraftwerk baut, weil den restlichen Platz kann man dann ja auch noch wunderbar verbauen, und darum hat seine Familie noch schnell ein Immobilien-Geschäft angemeldet, weil die Stadt gehört doch dem Bürgermeister. Früher hätten sie solch einen Typen in der Schule gehänselt bis zum Selbstmord, heute rächt er sich mit seiner schleimigen Art, dass man fast ein bisschen mehr als nur zornig wird. Aber vielleicht schaffen es die Leute doch noch, irgendwann ein bisschen das Hirn einzuschalten und so jemanden die gerechte Strafe spüren zu lassen.

Der Bischof schlendert durch die Stadt, auf der Suche nach einem Supermarkt. Er geht durch die Straßen, und ob Ihr das jetzt glaubt oder nicht, plötzlich ist da wieder dieser Duft, den er erst vor kurzer Zeit auch in Graz gerochen hat, den er nicht zuordnen kann. Er spürt den Geruch und fühlt sich in alte Zeiten zurückversetzt, und da erinnert er sich wieder: Pitralon! Es riecht nach Pitralon, nach dem Haarwasser von Pitralon. Genau das Haarwasser, das der Bischof in ganz jungen Jahren verwendet hat. In der Zeit, als es modern war, Pitralon zu verwenden und sich die Haare zur Seite zu kämmen, und ein Schnurrbart durfte auch nicht fehlen. Bischof sieht sich um, und er traut seinen Augen nicht. Da ist das

114

Auto, aus dem ihm damals dieser Prolet die Zündholzschachtel vor die Füße geworfen hat.

Pitralon, ein sehr intensiver, medizinisch schwerer
Geruch, der sich in seinem Gedächtnis eingeprägt
hat. Jedenfalls beschließt Bischof, hier bei dessen
Auto auf den Typen zu warten. Seinen eigenen Wa-
gen muss er aber zuerst hierher stellen, weil er dem
Typen dann nämlich folgen will. Er läuft zum nächsten Taxistand und lässt sich zu seinem Auto bringen.
Bischof ist jetzt aufgeregt und voller Hoffnung zugleich. Er hat Angst, dass der Typ mit seiner Prole-
ten-Schüssel inzwischen vom Parkplatz verschwunden sein könnte, und er dann wieder von vorne beginnen muss. Das will er sich natürlich ersparen. Dann
kommt wieder die Freude in ihm hoch, dass er einen
so guten Riecher gehabt hat.

Der Bischof gibt jetzt so richtig Gas. Er will zurück zum Parkplatz, zum Pitralon-Auto. Noch nie ist
ihm der Geruch eines Autos aufgefallen, außer wenn
es direkt vom Fließband oder aus der Autowaschanla-
ge gekommen ist. Ein in Haarwasser getunktes Fahrzeug ist dem Bischof aber noch nicht untergekom-
men. Deshalb ist er sich auch sicher, dass der junge
Typ sein Fahrzeug gerade eben erst verlassen haben
muss, denn durch die geschlossenen Autotüren würde
man den Innenraum eines Fahrzeuges wohl nicht
ewig riechen.

Ihr könnt euch ja vielleicht noch erinnern. Der
Bischof hat wirklich einen guten Riecher. Also, wenn
da einer mit dem Auto vor ihm fährt und raucht, das
kann der Bischof als ehemaliger Raucher sofort riechen. Jetzt nicht auf der Autobahn, aber im Stadtverkehr, da riecht er das sofort.

Endlich ein Parkplatz, und das noch in der Nähe
des Fahrzeugs, das der Bischof beobachten will. Er

weiß jetzt nicht, ob er hier fürs Parken zahlen muss, deshalb steigt er aus, um sich an den anderen geparkten Autos zu orientieren. „Heast, do geht ma da Feitl in da Hosn auf, waunn i di sich!", hört der Bischof hinter sich, als er gerade wieder in sein Auto einsteigen will.

„Meinst du mich?", fragt der Bischof überrascht und dreht sich in die Richtung um, aus der die Stimme kommt. Da erkennt er den Prolo aus dem Auto wieder.

„Najo, ka aundara do, oder?", meint der provokant.

„Und? Was willst du von mir?", fragt der Bischof ziemlich verwirrt und mit einem verärgerten Unterton, wobei er versucht, sich seine Verwirrung nicht anmerken zu lassen.

„I wü von dir gor nix, owa i glaub, du wüst vielleicht wos von mir, kaun des sein?", meint der Typ jetzt frech.

Bischof: „Und was soll das sein? Ich glaube, wir haben uns schon einmal in Graz gesehen, das stimmt doch? Du hast mir eine Zündholzschachtel vor die Füße geworfen. Ich gehe davon aus, dass du wolltest, dass ich jetzt hier bin."

Typ: „Bist a schlaua Kibara, ha?"

Der Bischof zuckt mit den Schultern und weiß jetzt wirklich nicht, was er darauf sagen soll.

Typ: „Heast Kiwara, schau, des is so. Da Schurl is jo a Hawara von dir, oder? Dos waß i, do hob i nix miassn hellsehen. Und dein Hawara schuldet ein poor Leitn gonz vü Göd, vastehst? Sie hoben ihm ganz normal, mit Worten, versucht zu überreden, dass er ihnen das Geld zruck gibt. Aber dein Kumpel ist etwas derrisch auf beide Ohren. Jetzt san de Leit gonz zwida, wonn se beschissen werden. Des mögen die gor net leiden, vastehst? Oiso, i man es guat mit dem Schurl, woi i bin a guta Mensch und deshoib kummst du jetzt ins Spü."

Bischof: „Und weil du dir solche Sorgen um den Schurl machst, hast du mich in Graz aufgestöbert, nach Tuzla gelotst und stellst mich jetzt zur Rede? Irgendwie wäre es einfacher, wenn du mir gleich die ganz Wahrheit sagst. Wie heißt du und wer bist du eigentlich?"

Typ: „Tut nix zur Soche, i waß wer du bist, und dos is wichtig. Waßt Kiwara, zvü wissen mocht Kopfweh, oida Spruch. Deshalb hurch ma zua. Der Schurl hot Spüschuidn und de Schuidn hot er bei de foischn Leit gmocht. De orbeitn nix wie die Raika bei euch, so eingeschriebene Briefe und so. Die schicken Finger mit eingeschriebene Brief, waßt? Deshalb Bischof, sei gscheit und kontaktier de Frau von dein Hawara und sog ihr, dass, wenn sie ihrn Monn wieder sehn wü, des Göd an die Leit überweist. Anonstn, waßt eh, eingeschriebener Brief, und der is net von Gericht."

Bischof: „Und das hast du mir in Graz nicht mitteilen können? Lotst mich da nach Bosnien, um mir das zu sagen? Du hast ja meine Telefonnummer. Ich meine, du hast mich doch im Stadion angerufen, nicht?"

Typ: „Dos is wohl a Verwechslung. Bin ka großer Telefonierer. Und es gibt Gründe, warum i da des do sog und net in Graz, vastehst?"

Bischof: „Und du hast dir rein zufällig die Pension ausgesucht, in der ich jetzt bin, rein zufällig hast du mir diese Zünder vor die Beine geworfen?"

Typ: „Neigierige Leit sterben früh, Kiwara. Owa woi i so a netter Mensch bin, sog i da wos. De Zünder hob i zufällig eingesteckt ghobt. Ich wollt dich einfach einmal hier hoben, verstehst? Wenn du do bist, dann erfahre ich schon, dass du do bist, vastehst?"

Bischof: „Na gut, ich bin da, und was jetzt? Ich meine, warum so kompliziert? Egal, du wirst schon deine Gründe haben, aber ich sage dir gleich, ich mache das nicht gratis für euch. Ich bin nicht euer Laufbursche."

Typ: „Du kriagst Schurl in an gaunzn Stück zurück. Dos is jo wos, net? Owa schau, i bin a Geschäftsmonn und konn a net von Luft und Liebe leben. I schau, dass da Schurl wieder gsund zu seine Familie kommt, und du schaust, dass ich a was davon hob. Donn sind olle Leit zufrieden. Und? Wos kriag i dafia, dass i so a netter Mensch bin?"

Bischof: „A Bussi aufs Bauchi, dass das Oaschi woglt."

Typ: „Heast, bist woam oda wos, Oida? Wir san do am Balkan, nix Regenbogenparade, waßt eh Oida, gö? Leit wie du verschwinden do gaunz afoch und niemand frogt noch ihnen. Olso, wos schaut aussa fia mi?"

Bischof: „Ich weiß nicht, was du von mir willst, aber wenn du Geld willst, ich habe keines. Das Einzige, was ich dir anbieten kann, ist, dass ich versuche, Schurls Frau dazu zu bringen, dass sie die Schulden bei deinen Leuten begleicht. Wieviel hat er eigentlich offen bei euch?"

Typ: „Net so dramatisch für an, der a gute Firma hot und vü Göd vedient. Knoppe 600."

Bischof: „600 Euro?"

Typ: „Heast Kiwara, stö die net deppata ois du bist. 600 000 Euro hot er offen, vastehst? Ohne Zinsen. Oiso, überleg dir wos, wie du dich für meinen Einsatz bei mir bedankst."

118

Bischof: „Ich habe dir schon gesagt, ich habe kein Geld, ich habe nicht einmal mehr eine Arbeit. Aber so wie ich dich kenne, weißt du das schon."

Typ: „Kein Geheimnis, wir san net auf Nudlsuppn dahergschwumman. I wü a ka Göd von dir, i wü dich um an Gefalln bitten. Waßt, hob so a bisserl Probleme mit österreichischer Polizei, und du als meine neiche beste Freind könnst bei denen jo einmal a gutes Wort einlegen. I man, es muss ja net jede Anzeige bei der Staatsanwaltschoft londen, vielleicht londet einmal unabsichtlich im Papierkibl, warat ollen gholfn. Staatsanwalt hot wegen so ana Klanigkeit weniger Orbeit, Polizei hot weniger Orbeit und i konn besser schlofn. I man, a klassische win-win Situation, manst net a?"

Bischof: „Du willst, dass ich meine ehemaligen Kollegen dazu bringe, nicht weiter gegen dich zu ermitteln? Das kommt nicht in Frage!"

Typ: „Na gut, dann musst Schurl alleine suchen. Sog nur, Zeit läuft und wonn Frau net zoit, donn is zerst da Schurl Invalide, donn de Frau und donn Kind. Du waßt wie es donn weitergeht, brauch da nix erzöhn."

Bischof: „Willst du mich erpressen? In Österreich würde ich dich jetzt sofort verhaften lassen!"

Typ: „Drum sind wir in Bosnien, Herr Supergescheit! Lass dir etwas einfallen. Ich helf dir ja auch."

Bischof: „Und wer sagt, dass ich dich brauche? Die Leute, die den Schurl haben, werden sich auch so bei seiner Frau melden. Sie wollen ja zu ihrem Geld kommen."

Typ: „Schau, de Leute san scheu wie ein Reh. Die lossen sich net gerne sehen. Drum bin ich jo do. Ich bin ein hüfsbereiter Mensch, hob i glernt, bei de

Pfadfinder. Konn helfen bei Geldübergabe von de Schuldn, fast ohne Spesen."

Bischof: „Du und die Pfadfinder? Glaube eher, dass du dort keine zwei Stunden geschafft hättest ohne rauszufliegen. Du willst dich doch nur an dieser Geschichte bereichern."

Typ: „Na gö, Bischof, jetzt host mi verletzt, bin ein Sensibelchen, dos sieht man doch."

Bischof: „Passt schon! Verarsche jemanden anderen! Ich kann dir jedenfalls bei deinem Anliegen nicht helfen. Ich bin ein Gesetzeshüter und kein Gesetzesbrecher."

Typ: „Falsch Bischof, du warst einmal ein Polizist, heute bist du ein Pensionist."

Bischof: „Deshalb werde ich trotzdem auf der Seite des Gesetzes bleiben. Da wirst du dir einen anderen suchen müssen, falls du einen findest."

Der Bischof spürt, wie der Zorn in ihm aufsteigt. Dieses respektlose Gelabere von dem Proleten ist ihm dermaßen zuwider, dass er ihn am liebsten stehenlassen und nach Graz zurückfahren würde. Nur die Neugierde lässt ihn weiter mit dem Typen reden.

Doch der wendet sich nun ab: „Na gut, man sieht sich." Er steigt in sein Auto und ist weg.

Der Bischof weiß jetzt nicht, wie er reagieren soll. Hätte er ihn aufhalten sollen und ihn bitten, noch mit ihm zu reden? Irgendwie hat das Gespräch ja niemanden weitergebracht, außer dass Bischof ein bisschen mehr erfahren hat, wie die Leute hinter dem Vorhang denken und funktionieren. Aber noch immer keine Spur zum Schurl.

Bischof ist sich im Klaren, dass der kleine Ganove über alles Bescheid weiß, was mit dem Schurl zu tun hat, nur ist er sich nicht sicher, ob der ihn nicht einfach nur benutzen will und gar keine Möglichkeit hat, ihm dabei zu helfen, den Schurl aufzustöbern. Vielleicht will er sich mit seinem Wissen einfach nur wichtig machen und hat auf die Hintermänner aber null Einfluss.

Das Telefon läutet, und Bischof hat sich selten so gefreut, den Namen vom Kiendl auf dem Display zu sehen.

Bischof: „Na servus Kiendl, dass du dich einmal bei mir meldest.", Bischof will nicht vorwurfsvoll rüber kommen, er will einfach nur nicht zu schleimig klingen, und ein bisschen will er auch die Freude verbergen.

Kiendl: „Wollte mich nur bei dir melden und fragen, ob letztes Mal alles gut gegangen ist, im Stadion und mit deinem Kumpel. Ist er wieder aufgetaucht?"

Bischof: „Nein, eigentlich ist alles schief gegangen, und ich bin gerade in Bosnien, um ihn zu suchen."

Kiendl: „In Bosnien? Wie kommst du da drauf, dass er dorthin verschwunden sein soll?"

Bischof: „Ich bin mir ziemlich sicher, dass der nicht freiwillig verschwunden ist, wahrscheinlich ist er entführt worden. Wegen Spielschulden "

Kiendl: „Und du bist jetzt wie Rambo in ein fremdes Land gefahren, um deinen Freund zu befreien? Hört sich sehr abenteuerlich an. Aber vor allem sehr gefährlich."

Bischof: „Du weißt ja, Unkraut vergeht nicht."

Kiendl: „Jajaja, Unkraut gibt es keines, es heißt Beikraut und das bekämpfen die Leute überall. So ein Beikraut-Schicksal sollte dir aber erspart bleiben.", meint der Kiendl etwas besorgt. Besorgt und belehrend zugleich.

Bischof: „Keine Sorge, außerdem komme ich eh überhaupt nicht weiter. Schurl ist und bleibt verschwunden, aber es meldet sich auch niemand von seinen Entführern."

Kiendl: „Vielleicht ist er auch nur „Zigaretten holen" gegangen. Das passiert sehr oft und dann tauchen sie unter, weil sie zu Hause einen Drachen besiegen müssten, und die Prinzessin, die sie einst geheiratet haben, dieser Drache ist."

Bischof: „Nein, glaube mir, ich kenne den Schurl. Der ist keiner, der einfach so abhaut. Außerdem ist mir schon eindringlich mitgeteilt worden, dass ich nicht weiter nach ihm suchen soll"

Kiendl: „Wie du meinst. Ich habe jetzt noch zwei Wochen Urlaub und meine Lieben sind bei den Schwiegereltern. Ich denke, ich werde zu dir kommen. Ein österreichischer Kiwara in Bosnien ist wahrscheinlich nicht so beliebt."

Bischof: „Das ist wirklich nicht nötig, aber ich gebe zu, dass ich mich freuen würde. Vielleicht kommen wir ja zu zweit weiter. Ich bin mir ganz sicher, dass Schurl hier in Tuzla ist. Es ist zwar nur ein Gefühl, aber ich glaube, das täuscht mich nicht. Was ist bei den Gerli-Untersuchungen rausgekommen? Wird noch ermittelt?"

Kiendl: „Bischof, du weißt, dass ich keine Auskunft geben darf. Nur so viel, es ist nicht geklärt, ob es sich um einen Mord handelt. Okay, Kollege, dann fahre ich morgen Mittag los und bin am späten Nachmittag bei dir. Schick mir die Adresse bitte."

Bischof: „Mache ich, danke. Bis morgen dann."
Kiendl: „Bis morgen und ciao."

Bischof fasst wieder Hoffnung und Mut. Was hätte er hier in Bosnien schon alleine machen können? Hilfe kann er sich keine erwarten. Von niemandem. Im Gegenteil. Er muss Angst haben, hier nicht in ein

Nest zu treten. In eines, dem bösartige und gefährliche Gestalten entsteigen könnten.

Bischof geht durch Tuzla, durch eine Stadt, in der er sich sofort wohl gefühlt hat. Er kann es kaum glauben, dass hier vor etwas mehr als zwei Jahrzehnten noch ein brutaler Bürgerkrieg getobt hat. Bosnien-Herzegowina ist ein hartes Land, aber Tuzla ist beschaulich, zumindest die Innenstadt. Die hat etwas von seiner Heimatstadt Graz. Die Vorstadt weniger. Das Kraftwerk in der Stadteinfahrt wirkt bedrohlich. Doch nur ein paar Kilometer außerhalb der Stadt ist ein riesiger Salzsee, in dem die Leute baden und das Leben genießen.

In seiner Pension angekommen, begrüßt ihn Dana freundlich. Auf der Terrasse hat sie einen Tisch für ihn gedeckt, und Bischof organisiert gleich für den Kiendl ein Zimmer. Ihm liegt es schon auf der Zunge, ob sie ihnen beim morgigen Abendessen nicht Gesellschaft leisten möchte, aber dann empfindet er das doch als zu aufdringlich. Außerdem, was sollte sie dabei, wenn zwei Ausländer über das Verschwinden eines Spielers sprechen. Ich meine, da hat sie sicher Besseres zu tun, da sind der Bischof und ich einer Meinung.

Am nächsten Tag ist auch der Kiendl in Tuzla angekommen, und jetzt sitzen die beiden beim Abendessen in Danas Pension. Der Bischof hat ihr schon von Kiendls Essgewohnheiten erzählt, und sie hat ein Reindl mit Gemüse zubereitet, ein so köstliches, dass der Bischof sofort an seine Oma denken muss. Er hat ganz vergessen, wie gut so etwas schmecken kann, weil in der österreichischen Gastronomie gibt es ja kein Reindl mehr. Kiendl und Bischof sind gerade so in ihr Gemüse vertieft, dass sie erst gar nicht über den Grund ihres Bosnien-Besuches sprechen. Sie reden über das Wetter, über Sturm Graz, über die Familien, obwohl bei diesem Teil des Gespräches eher der Kiendl redet.

Dann ist der letzte Bissen gegessen, und sie reden über den Fall.

11

Die Fakten, über die Bischof dem Kiendl bisher berichten kann, sind dürftig. Schurl ist verschwunden und die einzige Spur zu ihm ist ein bosnisch-österreichischer Prolet, der viel weiß, aber nichts erzählt und dafür sogar noch Forderungen stellt.

„Wir müssen mit dem Hawara reden.", meint der Kiendl voller Tatendrang.

„Aber wo finden wir den Wurschtkopf? Ich hab keine Ahnung, aber ich bin mir ziemlich sicher, dass er uns wieder über den Weg läuft, weil er will ja etwas von uns, eigentlich von mir."

Kaum ausgesprochen, kommt ein SMS-Klingelton von Bischofs Telefon.

„Kiwara, kommts auf Berg zu de Hunde! 19 Uhr! Heute!", steht da. Mit drei Rufzeichen und diesmal mit einer Nummer, aber der Kiendl braucht nicht lange um zu erfahren, dass die Nachricht über einen Internet-SMS-Dienst versendet worden ist.

Hunde? Berg? Der Bischof ruft jetzt den einen der beiden Bundesheerler an, die er im Kaffeehaus getroffen hat, und das Rätsel ist sofort gelöst. Der Hausberg von Tuzla ist gemeint. 700 Hunde leben dort. Von den Hundefängern der Stadt sind sie eingefangen und dorthin gebracht worden. Etwa 7000 Streuner soll es in Tuzla geben. Im Sommer sterben die Tiere

125

dort an Seuchen und der grausamen Hitze und im Winter an der Kälte. Kastrationen gibt es keine oder nur wenige. Die Tiere im Umland vermehren sich ungezügelt und suchen die Nähe der Stadt und der Menschen. In der Stadt scheint es ein halbwegs vernünftiges Leben nebeneinander zu geben. Im Straßenverkehr halten sich die Hunde an die Menschen und gehen bei Grün über die Kreuzungen. Das alles erfährt der Bischof von seinem Bundesheer-Freund. Der Kiendl und der Bischof wissen aber nicht, was sie da oben jetzt wirklich erwartet. Zudem es da zu dieser Jahres- und Uhrzeit schon stockfinster ist.

Sie fahren mit Bischofs Auto über die unbefestigten Straßen auf diesen Berg. Ein Jeep begegnet ihnen, und grimmig dreinschauende Männer sitzen drin. Endlich oben angekommen, kontrolliert Bischof gleich den Unterboden seines Autos. Mehrmals ist er auf großen Steinen aufgesessen, doch alles scheint in Ordnung zu sein.

Sie sind zu früh dort. Ein geisterhafter Anblick und eine Geräuschkulisse, die man nie mehr vergisst. Vollkommene Dunkelheit und hunderte Hunde bellen und jaulen.

Hier will der bosnisch-österreichische Prolet sie also treffen. Definitiv kein Wohlfühlort.

Kiendl und Bischof reden kaum, beide sind zu beeindruckt von dem hündischen Schauspiel. Und die Zeit vergeht, aber der Typ taucht nicht auf.

„Gleich wie der Schurl.", mault der Bischof vor sich hin.

Kiendl: „Glaubst, der lässt sich heute noch blicken?"

Bischof: „Das kann ich schwer beurteilen. Ich weiß nicht, wie zuverlässig der ist."

126

Der Geruch von Hundekot, Urin und Hundefutter ist überall, und die Hunde, die durch ein Tor von ihnen getrennt sind, keifen um die Wette.

Der Kiendl hat eine kleine Taschenlampe dabei und leuchtet ein wenig die Gegend ab. Bischof setzt sich ins Auto und schaltet die Scheinwerfer ein. Kein Mensch ist hier. Nur die Hunde und die beiden Österreicher.

„Ich gehe jetzt einmal den Zaun ein bisschen ab.", meint der Kiendl und geht los, und der Bischof sieht nach ein paar Sekunden nur noch den Lichtkegel von Kiendls Taschenlampe.

Bischof setzt sich wieder ins Auto und fährt ein paar Meter, um den Winkel der Autoscheinwerfer zu ändern. Er will einen Blick in den Innenbereich werfen, dorthin, wo sich die Hunde einen Wettkampf um das lauteste Organ liefern.

In der Ferne sieht er den Kiendl mit seiner Taschenlampe und es wirkt so, als würde er sie immer ein- und ausschalten. Fast so wie ein SOS-Ruf. Bischof schaltet den Motor ab und ruft zum Kiendl hinüber: „Ist irgendwas?" Das Motor-Abschalten hat nicht viel gebracht, weil noch immer ist da das ohrenbetäubende Hundegebell. Dann, in einer kurzen Bell-Pause, hört er ihn rufen.

Kiendl: „Komm einmal her!"

Bischof steigt aus dem Auto und läuft zu ihm hinüber. Der Kiendl steht da und blickt hinunter, auf etwas, das da vor ihm auf dem Boden liegt. Gewand und Schuhe. Hastig hingeworfen. Da hat sich einer aus- oder umgezogen, einer der ganz besonders in Eile war. Bischof bückt sich und hebt das Hemd auf, das ganz oben auf dem Haufen liegt.

„Das kenne ich, das gehört zum Prolo."

„Ist ja komplett blutig da hinten, schau einmal. Das könnte sogar ein Einstichloch sein."

„Ja, ist schon möglich. Was wird da gespielt?", fragt der Kiendl, der mittlerweile doch sehr beunruhigt ist.

Bischof: „Hier ist er jedenfalls nicht niedergestochen worden, kein Blut weit und breit. Oder hast du irgendwo Blutspuren gesehen?"

Kiendl schüttelt den Kopf und leuchtet wieder die Gegend ab. Hinter dem Zaun sieht man in einiger Entfernung etwas Dunkles auf dem sonst sehr hellen, sandigen Boden. Ein riesiger Kessel steht dort. Es sieht aus, als würden sie dort das Hundefutter kochen. Eventuell Wasser, das aus dem riesigen Kessel, der dort steht, ausgeschüttet worden ist. Und das kann noch nicht lange her sein. Zu feucht ist der Boden. Wasser, oder ist es vielleicht doch Blut?

Kiendl: „Du wolltest ja schon immer einen Hund - magst nicht reinschauen?"

Bischof: „Ich bin ja nicht lebensmüde."

Kiendl lacht laut: „Die tun nichts."

Bischof: „Na, ganz sicher nicht. Die wollen alle nur spielen. Schau sie dir an!"

Kiendl zuckt mit den Schultern, geht zurück zum Tor und öffnet es.

„Hör auf! Was machst du da? Bist du verrückt?", schreit Bischof.

Doch der Kiendl betritt wortlos das riesige Areal. Etwa 20 Hunde stellen sich vor ihm auf und bellen wie verrückt, aber alle aus einem Respektabstand von zwei bis drei Metern. Der Kiendl hockt sich auf den Boden und streckt eine Hand aus. Der erste Hund nähert sich vorsichtig.

Der Bischof draußen ist fix und fertig. Er kann nicht glauben, was er da sieht. Langsam scheinen sich die Hunde zu beruhigen. Auch der Bischof hat sich beruhigt und ist jetzt hin und weg von diesem Schauspiel. Er bewundert den Kiendl, weil er selbst hätte sich das niemals getraut. Da sitzt sein ehemaliger Kollege zwischen dutzenden Hunden und versucht, sich ihr Vertrauen zu erarbeiten, und es scheint ihm zu gelingen. Langsam kehrt Ruhe in dem Areal ein. Kiendl geht nun langsam in Richtung des dunklen Flecks. Dort beugt er sich runter und deutet zum Bischof, dass dieser reinkommen soll. Doch Bischof winkt ab.

Kiendl schreit: „Es ist Blut! Das muss vom Prolo sein, wenn das da drüben sein Hemd ist."

Dann geht er ein Stück weiter zu dem riesigen Kessel. Hunderte Hühnerteile sieht er da drinnen. Die Leute dürften hier Hühnerreste verkochen, die nicht für den menschlichen Verzehr geeignet sind. Der Geruch, der in der Luft liegt, ist alles andere als fein.

Ein paar der Hunde liegen da und nagen an Knochen. Die großen und starken verteidigen ihre Beute gegen die schwächeren. Die Knochen dürften der Größe nach zu schließen Rinderknochen sein. Kiendl geht Richtung Ausgang und denkt, dass vielleicht doch alles in Ordnung ist, während der Bischof vorsichtig außen am Zaun entlanggeht.

„Und wo bleibt dieses Würschtl so lange?", denkt er laut, „Der ist schon eine halbe Stunde zu spät!" Der Lichtkegel des Scheinwerfers fällt jetzt nicht mehr auf den Bischof. In der Dunkelheit geht er so langsam wie möglich und tastet sich den Zaun entlang. Die Hand nach oben gestreckt, um sicher zu gehen, dass ihn kein Hund beißen kann.

Plötzlich berührt er etwas, das zuerst auf seinen Kopf fällt, dann vor seine Füße und danach ein Stück von ihm wegrollt. Es ist eklig glitschig, und wo es ihn berührt hat, fühlt sich alles ganz schmierig an.

„Das ist ja ekelhaft! Die Trotteln haben da Futter am Zaun aufgehängt!", schreit der Bischof angewidert auf.

„Magst schnell herkommen und leuchten?" Der Kiendl läuft los und starrt den Bischof an, als er dessen blutverschmiertes Gesicht sieht.

„Heast, du könntest als Horrorclown durch die Stadt laufen, wie du ausschaust.", meint der Kiendl sarkastisch. Mit seiner Taschenlampe leuchtet er die Gegend ab und plötzlich schaut der Bischof dem Prolo in die Augen.

Nach dem Himmel kommt die Hölle, das war schon immer so. Bischof weiß, dass es nur eine Frage der Zeit ist, bis sich diese vor ihm auftun würde, vor einem, der gar nicht an so etwas glaubt, weil ohne Gott keine Hölle. Aber lest weiter, denn der Bischof glaubt tatsächlich, vor dem Tor des Teufels zu stehen.

„Na servus, ist das jetzt unser Prolo?", meint der Kiendl ungewollt ruhig, „Jetzt wissen wir wenigstens, warum der sich verspätet hat."

Der Bischof kann darauf nichts sagen. Trotz der langen Jahre als Polizist, in denen er so einiges gesehen hat, ist es jetzt anders. Es ist eine Mischung aus Schrecken, Angst und Ekel, und es ist wohl auch ein Hauch Mitleid für den Prolo dabei. Der Bischof versucht, sich mit Grasbüscheln das Prolo-Blut vom Kopf und aus dem Gesicht zu wischen, während er fassungslos auf den am Boden liegenden Schädel starrt.

Dann zieht er seine Waffe, und die beiden legen sich wie auf Kommando auf den Bauch. Sie wissen ja nicht, ob da jemand auf sie lauert und sie gleich noch zu Hundefutter verarbeiten will. Als sie fünf Minuten später noch immer so da liegen und am Leben sind, kehrt wieder etwas mehr Ruhe ein. Auch die Hunde werden jetzt wieder leiser.

Der Kiendl steht als erster auf und geht langsam dorthin zurück, wo er die Kleidungsstücke gesehen hat, um diese zu durchsuchen. Damir Hautzenbichler, steht in dem Ausweis, den der Kiendl in der Jackentasche findet. Ihm ist bewusst, dass er der hiesigen Spurensicherung damit die Arbeit nicht leichter macht, aber für ihn ist jetzt Gefahr in Verzug, und um sicher zu gehen, dass der Tote auch der ist, von dem sie glauben, dass er es ist, da müssen sie eben zu solchen Mitteln greifen. Denn der Kopf schaut ja nicht mehr so gestriegelt aus wie früher, als dieser noch am Hals gesessen ist und einen so arrogant angegrinst hat. Da ist jetzt irgendwie die freche Lässigkeit verloren gegangen aus dem Gesicht, das jetzt drüben beim Bischof liegt. Und wo ist eigentlich der Rest vom Damir?

„Ich glaube, wir sollten die Polizei rufen.", meint der Bischof ungerührt.

„Ja, und wir zwei sollten ein bisschen vorsichtiger sein.", sagt der Kiendl und meint weiter: „Ich glaube, den hat uns jemand als Warnung so präsentiert."
Bischof: „Hast du auf das Auto geachtet, das uns begegnet ist?"
Kiendl: „Nein, da habe ich gerade meine Nachrichten am Handy abgerufen."
Bischof: „Ich kann auch nur sagen, dass es mehrere Typen in dem Auto waren. Ein Geländewagen. Ein dunkler. Ich habe ja auf die Straße geschaut."

Nach einer dreiviertel Stunde ist die Polizei da. Der Bischof fürchtet sich schon vor den Kommunikationsschwierigkeiten, aber die Angst ist unbegründet. Einer der Polizisten kann perfekt Deutsch, und er übersetzt die Aussagen der beiden Österreicher für seine Chefs und Kollegen.

Nach zwei Stunden sind die Untersuchungen abgeschlossen, und Bischof und Kiendl fahren zurück in ihre Pension. Sie sind aufgeregt und erschöpft und beschließen, an der Rezeption ein Bier zu trinken. Bischof verschwindet zuvor noch in seinem Zimmer, um zu duschen.

Dana ist noch wach und versorgt die beiden Gäste mit den Getränken. Sie redet nicht viel, aber sie ist freundlich und lächelt. Sie bemerkt wohl, dass ihre beiden Besucher sich in einem Ausnahmezustand befinden. In einer Art Schockzustand, obwohl sie so altgediente Polizisten sind. Normalerweise bringt so einen Polizisten nichts so leicht aus der Ruhe, aber im Alltag kommt man in den seltensten Fällen unvorbereitet zum Schauplatz eines solchen Kapitalverbrechens.

„Jetzt ist unser letzter Draht zum Schurl abgerissen.", meint der Bischof resigniert.

Kiendl: „Tja, sieht ganz so aus. Wenn sich jetzt niemand von den Mördern meldet, dann können wir wieder nach Graz fahren."

Bischof: „Ich weiß nicht, die haben den Damir einfach weggeräumt. Aber sie wollten uns ein Zeichen geben. Ansonsten hätten sie ihn nicht so brutal vor uns präsentiert."

Kiendl: „Was glaubst? Dass sie sich bei uns noch vorstellen kommen und mit uns reden?"

Bischof: „Das sind brutale Gangster, aber auch Geschäftsleute. Die wollen ihr Geld. Der Damir war

132

wahrscheinlich nur so ein Bauernopfer, oder er ist ihnen zu frech geworden. Würde mich bei ihm auch nicht wundern. Ich bin mir ziemlich sicher, dass wir noch kontaktiert werden von denen. Oder sie wenden sich an die Renate in Graz."

Kiendl: „Glaubst, dass der Schurl hier in Bosnien ist?"

Bischof: „Keine Ahnung. Vor ein paar Stunden bin ich mir ziemlich sicher gewesen, aber jetzt bin ich mir nicht einmal mehr sicher, ob er überhaupt noch lebt. Andererseits wäre es ja dumm von ihnen, wenn sie ihn umgebracht hätten. Dann können sie sich ihr Geld in die Haare schmieren. Oder sie wollen mit seiner Ermordung andere Schuldner abschrecken. Dann ist es wohl aus mit dem Schurl."

Kiendl: „Ich wäre jedenfalls dafür, dass wir nach Hause fahren. Hier scheint es mir jetzt schon viel zu gefährlich zu sein. Und den Mord an dem Burschen müssen sowieso die Kollegen von hier aufklären. Das geht uns nichts an."

Bischof: „Ja, wenn die Kollegen uns überhaupt ausreisen lassen. Wir könnten ja genauso Tatverdächtige für sie sein."

Kiendl: „Das glaube ich nicht, das hätten sie uns schon am Berg gesagt, und unsere Aussagen haben sie ja."

Bischof: „Da hast du auch wieder recht. Jedenfalls möchte ich morgen noch einmal dort rauf fahren. Vielleicht können wir noch etwas in Erfahrung bringen. Die hiesigen Kollegen sind sicher auch dort, und vielleicht auch Leute vom Hundeasyl."

Kiendl: „Glaubst du, dass sie den Schurl zu den Hunden gesperrt haben?"

Es ist ihm gar nicht zum Lachen, aber ein gewisser Sarkasmus kann auch eine psychische Hilfe sein.

Eine Nachdenkpause und ein Schulterzucken als Antwort vom Bischof.

Dann trinken die beiden ihr Bier aus und verabreden sich fürs Frühstück. Der Kiendl legt noch Geld für ein weiteres Bier auf die Theke der Rezeption, denn Dana ist schon ins Bett gegangen, und er nimmt sich noch eine Flasche aus dem Kühlschrank. Sein Schlaf- und Beruhigungstrunk für die Nacht.

12

Es riecht bereits nach frischem Kaffee, als die beiden Polizisten den kleinen Speiseraum betreten. Außer Kiendl und Bischof waren sonst anscheinend keine weiteren Gäste im Haus. Dana hat für die beiden königlich aufgedeckt. Zum Leidwesen vom Kiendl auch sehr viel Wurst und Speck. Ihn ekelt es vor Fleisch. Dennoch holt er sich einen Teller und befüllt diesen reichlich mit Käse, Gemüse und Brot. Und der Bischof hat aus Solidarität mit seinem Kollegen nur ganz wenig Speck auf seinen Teller geladen und selbst den hat er unter dem Gemüse versteckt.

Dana ist wie immer gut gelaunt und freundlich. Sie wünscht den beiden zum Abschied in einem fast perfekten Deutsch noch einen schönen Tag.

Der Bischof ist fasziniert von ihr. Er, der Beziehungsfeind schlechthin ist dabei, sich in diese Frau zu verschauen. Der Kiendl bemerkt das und erinnert sich an Bischofs Sticheleien von damals, als er sich in die Trafikantin und seine heutige Frau verliebt hat. Kiendl weiß, der Zeitpunkt für die Rache ist nah. Ein bisschen den ehemaligen Kollegen aufziehen, das ist schon erlaubt.

Aber davor müssen die beiden noch einmal zu den Hunden von Tuzla, hinauf auf den Berg, wo die Stadt auch Giftmüll vergraben hat lassen.

Es ist ein Elend. Die Hunde vermehren sich auch dort, und viele ausländische Organisationen versuchen zu helfen und mit Kastrationen die Population in Grenzen zu halten.

Endlich oben angekommen sehen sie ein paar Tierschützer, die gerade dabei sind, gemeinsam mit einer Tierärztin die Hunde zu versorgen. Trotz der nächtlichen Tragödie sind alle ganz in ihre Arbeit vertieft. Nur ein Polizeiauto und drei Polizisten, die herumgehen und Fotos machen, zeugen von dem, was gestern geschehen ist. Die Beamten schauen mürrisch drein und ignorieren die Tierschützer und die beiden Österreicher. Einen der Polizisten erkennt der Bischof von letzter Nacht wieder. Anscheinend versuchen sie, den Tatort bei Tageslicht zu finden, was allerdings zwischen den hunderten Hunden ein fast unmögliches Unterfangen bleiben wird.

Ein kleines Rudel kommt neugierig auf den Bischof zu. Ein kleiner Brauner mit drei Beinen fällt dem Bischof sofort auf. Der Dreibeinige ist ganz vorne dabei, beschnüffelt ihn ausgiebig und schaut ihm freudig wedelnd ins Gesicht. Bischof streichelt dem Kleinen über den Kopf und nennt ihn in Gedanken Dreibein.

Dreibein ist ein kleines Etwas von Hund. Eine bosnische Straßenmischung, wie sie es zu tausenden dort gibt, mit braunem Fell, Schlappohren und einer schneeweißen Vorderpfote. Es sieht so aus, als hätte er auf dieser Pfote einen Verband.

Der Kiendl geht wieder außerhalb des Zauns entlang, zu der Stelle, wo er gestern den Haufen Gewand gefunden hat. Dort will er nach weiteren Spuren Ausschau halten. Den Bereich innerhalb des Zauns will er als den Tatort ausschließen, weil die Hunde wohl einen Wahnsinnslärm bis hinunter in die Stadt verursacht hätten.

Der Kiendl geht weiter Richtung Wald, als die Polizisten plötzlich in Serbokroatisch in seine Richtung schreien. Er kann sie nicht verstehen, nur ihre Gestik ist eindeutig. Sie fordern ihn aufgeregt auf, stehen zu bleiben. Bischof läuft zum Kiendl und erklärt ihm, dass dort im Wald vermintes Gebiet beginnt.

Bischof: „Willst, dass ich alleine nach Hause zurückfahren muss?"

Kiendl: „Ich wäre eh mitgefahren. Aber halt nicht in einem Stück."

Bischof: „Weißt du, die haben ziemlich gemeine Minen damals ausgelegt. Die wollten nicht, dass man gleich stirbt."

Der Kiendl schweigt und geht mit Bischof zurück zum Hundeasyl. Auch Dreibein ist dabei. Er begleitet Bischof auf Schritt und Tritt.

Bischof: „Mir fällt nichts mehr ein, wonach wir noch suchen könnten. Entweder, die haben ihn ganz woanders getötet oder die Spuren sind schon weg."

Kiendl: „Die Polizeihunde haben auch nichts gefunden."

Bischof: „Auch wenn du es nicht glaubst, aber ich denke, dass es drinnen bei den Hunden passiert sein muss. In irgendeinem Teil des Areals, der für die Hunde nicht zugänglich ist. Dann haben sie einen Teil der Hunde an den Tatort gelassen und die haben danach natürlich sämtliche Spuren zerstört. Ich habe mit einer Frau vom Asyl geredet, und die hat meine These bestätigt. Dort gleich beim Eingang gibt es noch einen Bereich, der von den Hunden frei gehalten wird. Damit die Autos anliefern können. Der ist heute offen gewesen."

Kiendl: „Das heißt, er könnte dort in diesem Bereich getötet worden sein?"

Bischof: „Ja, die Polizisten sind auch dieser Meinung, aber Spuren gibt es natürlich keine mehr."

Kiendl: „Und der Rest von ihm? Und warum haben sie seinen Kopf dermaßen präsentiert? Und das Gewand auf dem Haufen? Gibt es da einen tieferen Sinn, den ich nicht verstehe?"

Bischof: „Da will jemand offensichtlich eine Spur für uns legen."

Kiendl: „Wo ist der Körper der Leiche? Selbst wenn sie ihn an die Hunde verfüttert haben. Knochenteile hätte man finden müssen."

Bischof: „Keine Angst. Der wird sicher noch auftauchen, in welcher Form auch immer. Aber der größte Teil könnte wirklich von den Hunden verdaut worden sein."

Der Kiendl leicht angewidert: „Ich denke, für uns gibt es hier nichts mehr zu tun. Was meinst du?"

Bischof: „Ja, das sehe ich auch so. Die Kollegen hier sind zwar nicht sehr zugänglich, aber der Chef von ihnen hat mir zumindest zugesagt, dass er mich informiert, wenn es etwas Neues gibt. Ich habe ihm auch ein Foto vom Schurl gegeben."

Kiendl: „Na gut, dann fahren wir jetzt."

Bischof und Kiendl gehen zum Auto, und Dreibein ist wie selbstverständlich dabei. Bischof bückt sich noch einmal zu ihm runter und streichelt seinen Kopf.

Kiendl: „Hast eh Zeit in der Pension. Nimm ihn halt mit!"

Bischof: „Nein, keine Zeit und kein Geld für solche Sachen."

Kiendl: „Solche Sachen? Das ist ein Hund!"

„Ja, meine ich ja.", sagt der genervte Bischof und will ins Auto steigen, und Dreibein will mit. Sanft schiebt er den kleinen Hund zur Seite und schließt die Autotür.

Bischof: „Auf was wartest, Norbert? Auf bessere Zeiten? Da kannst lange warten, also komm, fahren wir."

Kiendl folgt wortlos der Aufforderung seines Kollegen. Er legt den ersten Gang ein und fährt langsam den Berg hinunter, gefolgt von Dreibein.

13

Es ist angenehm warm für einen Spätherbsttag, und die Leute in der Stadt sind alle bestens gelaunt. Die Kaffeehäuser sind sehr gut besucht, und Bischof und Kiendl beschließen, doch erst am nächsten Tag nach Graz zurückzukehren. Sie wollen nach diesen anstrengenden beiden Tagen jetzt nicht noch sechs Stunden im Auto sitzen. Außerdem erhoffen sie sich noch immer ein Lebenszeichen vom Schurl. Die Chance darauf war aber eher gering, weil die einzige Verbindung zu ihm Damir gewesen ist.

Die beiden sitzen in einem Kaffeehaus und reden über das Erlebte. Das muss alles erst einmal verarbeitet werden. Gestern hat der Bischof Damirs toten Schädel auf den Kopf bekommen, und heute sitzt er hier und trinkt gemütlich Kaffee. Er hat fast schon ein schlechtes Gewissen ihm gegenüber. Er war ja von dieser Lässigkeit und Frechheit fast ein bisschen beeindruckt. Aber anscheinend ist das jemandem anderen zu viel geworden.

Dreibein hat seinen Kopf auf Bischofs Füße gelegt und genießt so die Herbstsonne. Kiendl findet das amüsant, denn der Bischof wollte gar keinen Hund und jetzt nach Stunden sind die beiden schon ein Team. Ach ja, das habt ihr vielleicht nicht mitbekommen. Wie der Kiendl so langsam den Berg hinun-

140

tergefahren, und der Dreibein die ganze Zeit hinter dem Auto hergelaufen ist, hat der Bischof dann plötzlich gemeint, dass der Kiendl stehen bleiben soll, und dann hat er Dreibein ins Auto geholt. Kiendl holt jetzt Wasser für ihn.

Bischof: „Ich hoffe sehr, dass sich da heute noch etwas tut. In welcher Form auch immer. Ich gehe einmal von Forderungen aus, falls sich jemand bei uns melden wird."

Kiendl: „Ja, alles andere würde keinen Sinn ergeben. So einen brutalen Mord zu begehen und die Leiche so zur Schau zu stellen ergäbe ansonsten keinen Sinn."

Bischof: „Glaubst du, dass sie uns im Moment beobachten?"

Kiendl: „Ganz sicher sogar. Zumindest so lange, bis wir das Land verlassen haben. Entweder wollen sie das erreichen, oder sie werden bald Kontakt aufnehmen."

Bischof lehnt sich zurück, schließt die Augen und dreht sein Gesicht in die Herbstsonne, und Kiendl tut es ihm gleich.

Nach einer Stunde verlassen sie das Lokal und fahren Richtung Pension. Sie packen ihre Sachen und geben Dana von ihrer Abreise Bescheid. Sie wollen morgen ganz zeitig in der Früh die Heimreise antreten.

Dana überrascht die beiden Gäste am Abend mit einem weiteren vegetarischen Gericht. In der Mitte des Tisches steht eine Flasche bosnischer Rotwein.

Dana: „Kein Fleisch, nur Gemüse, ganz viel Gemüse. Ein bosnischer Eintopf. Normal mit Fleisch, für euch ohne. Und ganz viel Obst, alles von hier.", sagt sie lächelnd, sichtlich zufrieden mit den guten bosnischen Produkten und glücklich über die gelungene Überraschung.

Kiendl ist begeistert und freut sich total über die rücksichtsvolle Gastgeberin, während der Bischof naturgemäß etwas zurückhaltender reagiert und sich erst einmal ein Glas Wein einschenkt.

Bischof: „Dana, wollen sie uns nicht Gesellschaft leisten?"

Dana: „Ja, sehr gerne, ich habe heute eh noch nichts gegessen."

Sie essen und reden über das Leben in Bosnien, und Dana erzählt, dass sie schon oft in Österreich gewesen ist. Auch in Graz. Und dass sie schon als Kind Deutsch gelernt hat.

Irgendwann verabschiedet sich der Kiendl und geht zu Bett. Er will schon ganz zeitig am Morgen nach Österreich fahren. Der Bischof hat es nicht so eilig.

Dana und er bleiben sitzen und philosophieren über das Leben und über die Unterschiede zwischen Bosnien und Österreich und übersehen dabei vollkommen die Zeit. Es graut schon der Morgen, als sie sich verabschieden. Bischof kann sich gar nicht erinnern, wann er das letzte Mal so viel geredet hat. Er findet Dana sehr anziehend, das muss er sich eingestehen. So anziehend, dass er eine Einladung nach Österreich ausspricht. Dana nimmt die Einladung an und sagt, dass sie sich sehr freut, und man spürt direkt, dass sich da etwas anbahnt.

Als Bischof nach oben in sein Zimmer geht, bemerkt er, dass er wohl das eine oder andere Glas Wein zu viel getrunken hat. Dreibein ist davon unbeeindruckt, er folgt Bischof wie ein Schatten in dessen Zimmer, und Bischof freut sich immer mehr über den Kleinen. Er überlegt schon ernsthaft, Dreibein mit nach Österreich zu nehmen. Hätte er nur die geringste Ahnung von Tieren. Er will eine Nacht darüber schlafen, aber irgendwie spürt er schon, dass er es wohl nicht übers Herz bringen wird, Dreibein in Bosnien zurückzulassen. Bischof merkt, wie das Leben gerade Regie führt, und er nur wenig Einfluss darauf hat. Die faszinierende Dana und der kleine dreibeinige Straßenhund mischen sich gerade heftig in sein Leben ein, und Bischof kann und will sich nicht dagegen wehren.

Dreibein macht es sich auf dem Teppich vor Bischofs Bett gemütlich, und so schlafen die beiden zufrieden ein. Irgendwann am späten Vormittag, als der Bischof aufwacht, ist Dreibein vom Teppich verschwunden. Er muss in der Nacht zu ihm ins Bett gekrochen sein. Bischof schimpft nicht und jetzt ist es beschlossene Sache, dass Dreibein mit nach Österreich kommen soll.

Der Kiendl ist schon weg, wahrscheinlich ist er bereits in Graz.

Nach dem Kaffee geht der Bischof zum Auto, um Sachen für die Heimreise zu verstauen. Doch dort warten zwei Männer auf ihn und er denkt sich sofort: „Mafia!"

Er geht auf die beiden Männer zu und fragt relativ schroff, was sie von ihm wollen.

Mafioso 1: „Wir wollen Ihnen nur sagen, dass wir auf unser Geld sicher nicht verzichten werden. Wenn Sie das dem Herrn Petzler bitte ausrichten möchten. Wir sind Geschäftsleute, auch wenn Sie vielleicht glauben, dass wir Gangster sind."

Der Bischof ist von dem guten Deutsch des Mannes sehr überrascht. Er ist sich nicht sicher, aber er hat fast schon das Gefühl, dass so nur ein Muttersprachler reden kann. Der zweite Mann sagt kein

Wort, und Bischof hat den Eindruck, dass der wohl aus psychologischen Gründen mitgekommen ist.

Bischof: „Ich werde es ihm ausrichten, aber dazu müsste ich ihn erst einmal finden. Falls er überhaupt noch lebt. Nach den letzten Ereignissen kommen da ja gewisse Zweifel auf."

Mafioso 1: „Keine Sorge, der lebt ganz bestimmt, außer er hat sich selber etwas angetan. Aber ich denke, dazu fehlt ihm der Mut. Glauben Sie mir, Sie werden ihn finden."

Bischof: „Und der Damir Hautzenbichler? Das waren doch Sie?"

Mafioso 1: „Egal wer es war, dem muss man auf jeden Fall keine Träne nachweinen. Ein kleiner Betrüger, der immer nur die Seiten gegeneinander ausgespielt hat, um einen eigenen Vorteil daraus zu ziehen. Von denen gibt es ohnehin zu viele auf dieser Welt. Falls Sie uns in Verdacht haben, mich stört das jedenfalls nicht. Der, der das getan hat, der kann sich bei mir noch eine Belohnung abholen."

Bischof: „Wenn Sie nicht dahinterstecken, wer dann?"

Mafioso 1: „Der kleine Ganove hat viele Feinde gehabt, egal wo er war, in Österreich und auch hier in Bosnien. Er hat verschiedene Betätigungsfelder gehabt, wenn Sie wissen, was ich meine, und alle, die mit ihm zu tun hatten, haben gewusst, dass er ein kleiner Betrüger ist. Er wird sich halt einmal mit dem Falschen angelegt haben. Ich töte keine Menschen, die bei mir Schulden haben, da hätte ich nichts davon, und der Hautzenbichler hat bei mir tatsächlich ganz viele Schulden gehabt. Nicht einmal verstümmeln hätte ich ihn lassen, denn dann hätte er sie nicht mehr abarbeiten können."

Bischof: „Rein aus persönlichem Interesse ,wie hoch waren Damir Hautzenbichlers Schulden bei Ihnen?"

Mafioso 1: „36 400 Euro, wenn Sie es genau wissen wollen. Aber das ist nichts gegen das, was ich noch vom Herrn Petzler bekomme. Es geht mir in diesem Fall auch nicht um die Höhe, hier geht es vielmehr um meinen Ruf. Niemand soll denken, dass er seine Schulden bei mir nicht zurückzahlen muss. Wenn das die Runde macht, dann kann ich mein Geschäft vergessen."

Bischof: „Und Hautzenbichler hat mir erzählt, dass Georg Petzler 600 000 bei Ihnen offen hat, ist das richtig?"

Mafioso 1: „Genau 500 000 sind es. Die anderen 100 000 hat er wohl dazu erfunden. Der hat vermutlich als Zwischenhändler fungieren wollen, um sich eine Prämie damit zu verdienen. Der Petzler hat bei mir bis vor kurzer Zeit noch einen unbegrenzten Kreditrahmen gehabt. Er ist ein guter Kunde gewesen. Doch jetzt ziert er sich, mir das Geld zurückzuzahlen. Niemand hat ihn zum Spielen gezwungen. Er muss zahlen. Weil wenn er gewonnen hat, hat er das Geld auch immer ohne Verzögerung bekommen."

Bischof: „Er dürfte wohl viel Geld verspielt haben. Möchten Sie mir vielleicht sagen wieviel?"

Mafioso 1: „Das ist ein Betriebsgeheimnis. Nur können Sie wahrscheinlich auch eins und eins zusammenzählen, dann wissen Sie, dass er in letzter Zeit mehr verloren als gewonnen hat. Das ist nicht immer so gewesen. Es hat durchaus auch Zeiten gegeben, da hat er Glückssträhnen gehabt, und ich muss ehrlich sagen, dass wir zwischenzeitlich überlegt haben, ob wir überhaupt noch Wetten von ihm annehmen wol-

145

len. Aber jede Glückssträhne endet einmal. Und dann hat sich das Blatt zu unseren Gunsten gewendet."

Bischof: „Verstehe, aber das mit dem Hautzenbichler kapiere ich noch immer nicht ganz. Wie kommt er an all die Informationen, um daraus überhaupt Kapital schlagen zu können? Ich meine, es steht wahrscheinlich ja nicht in einer Tageszeitung, was der bei Ihnen offen hat."

Mafioso 1: „Der Damir Hautzenbichler hat uns immer wieder seine Dienste angeboten, um seinen Schuldenstand etwas zu reduzieren. Er ist ja nicht dumm gewesen, nur unzuverlässig. Für gewisse Dienste ist er durchaus brauchbar gewesen, auch wenn wir immer gewusst haben, dass er nur an seinen eigenen Vorteil denkt. Ein Gauner halt."

Der zweite Mann starrt die ganze Zeit wortlos in eine Richtung. Hinter der Sonnenbrille bleiben seine Augen verborgen. Er wird wohl eine Art Leibwächter sein.

Bischof: „Also gut, ich helfe Ihnen, und Sie helfen mir. Ich will den Schurl lebendig finden und werde mit ihm und seiner Frau an Lösungsvorschlägen arbeiten, und Sie sorgen dafür, dass keine Gewalttätigkeiten mehr geschehen. Sie kennen alle Leute und Sie wissen ganz genau, wer welche Interessen, woran auch immer, haben könnte. Ist das ein Deal?"

Mafioso 1 nickt und streckt dem Bischof die Hand entgegen. Der Bischof schlägt ein, und die beiden Männer verschwinden zu Fuß. Vermutlich weil sie nicht wollen, dass der Bischof ihre Autonummer zu sehen bekommt.

146

14

Nach sechs langen Autostunden mit einer kurzen Rast sind sie in Graz angelangt. Der Mensch und der dreibeinige Hund.

Bischof ist schon viel zu lange in seinem alten Trott, um gleich zu bemerken, wie gut ihm diese Reise getan hat. Abgesehen von dem brutalen Ereignis natürlich. Aber sofort ist da das Gefühl, dass er etwas Sinnvolles getan hat. Und er denkt an Dana und freut sich auf deren Besuch. Einzig der Gedanke mit der Herberge macht ihm Sorgen. Soll er sie in seiner Wohnung einquartieren? Eigentlich ginge das, denn er hat ja noch immer die viel zu große. Aber irgendwie fürchtet er, dass das zu aufdringlich wirken könnte. Doch das sollte für die nächste Zeit seine geringste Sorge sein.

Er ruft Renate an und berichtet von der Reise und von den Vorkommnissen in Bosnien. Sie ist schockiert, will aber nichts weiter mit der Sache zu tun haben.

„Bischof, danke, dass du das alles machst und dich sogar in Gefahr begeben hast, aber du musst wissen, ich habe mit dem Schurl abgeschlossen. Sobald er wieder auftaucht, werden wir uns scheiden lassen. Ich habe die Verantwortung für unseren Sohn.

Schurl hat unsere Existenz zerstört und hat mich mit seinem Schweigen hinters Licht geführt.", meint sie.

Das klingt sehr entschlossen, und Bischof weiß darauf auch nichts mehr zu sagen. Von der Renate kann er sich also keine Hilfe mehr erwarten, das ist nun klar. Auch die Polizei hält sich bedeckt bei ihren Ermittlungen. Bischof weiß, dass sie nicht an eine Entführung glauben. Man geht davon aus, dass sich ein genervter Ehemann mit dem Firmengeld abgesetzt hat. Also ein Fall für das Betrugsdezernat. Die Abgängigkeitsanzeige ist geduldig aufgenommen und zu den anderen gelegt worden. Ein kurzer Bericht mit Foto in der Kleinen Zeitung, das war es dann. Offiziell gibt es für die Polizei keine Hinweise, dass der Schurl einem Gewaltverbrechen zum Opfer gefallen ist.

Kiendl will intervenieren und geht sämtliche Dienstwege, um die Polizei auf diesen Fall aufmerksam zu machen, doch die Verantwortlichen nehmen seine Berichte wieder nur geduldig zu Kenntnis, scheinen aber nicht sonderlich beeindruckt von dem Mordfall in Bosnien zu sein. Nicht einmal die Erzählungen über Damir Hautzenbichler beeindrucken irgendjemanden. Dem Kiendl wird dessen Strafregister vorgelegt – Vorstrafe wegen zahlreicher Betrügereien – weshalb Damirs Geschichten also völlig unglaubwürdig sind. Die Polizei meint, dass er von Schurls Verschwinden irgendwie erfahren hat und das zu seinem Vorteil nutzen hat wollen, was ihm ja anfangs auch gelungen ist.

Bischofs Telefon läutet. „Unbekannte Nummer" zeigt das Display und Bischof hat sofort ein ungutes Gefühl. Damirs Mörder? Werden sie ihn bedrohen oder werden sie verlangen, dass Renate das Geld organisieren muss?

148

„Bischof!", meldet er sich schroff, um nur ja nicht die kleinste Schwäche zu zeigen. Aber von der anderen Seite kommt nichts. Obwohl man genau hört, dass da jemand ist. Er hört jemanden atmen. Ob ein Mann oder eine Frau, das kann selbst der erfahrene Ex-Polizist Bischof nicht heraushören. Dann ein kurzes Klicken, und die Leitung ist unterbrochen.

Bischof ist sofort klar, dass sich hier niemand verwählt hat. Wahrscheinlich haben die Mörder Damirs Handy und nun haben sie auch seine Nummer. Das beunruhigt ihn, aber es ist ihm schon vor dem Bosnien-Abenteuer klar gewesen, dass diese Geschichte nicht ganz ohne Risiko sein wird. Trotzdem sieht Bischof keinen Grund, sich jetzt übermäßig zu sorgen, denn was würde den Mafiosi sein Tod schon bringen? Wohl gar nichts, und Schulden hat er auch keine bei ihnen. Nein, denen geht es nur um ihr Geld, und um das wieder zu kriegen, gehen diese Leute über Leichen. Schwächen darf man sich in diesem Geschäft bestimmt nicht erlauben.

Es läutet an der Tür. Der Bischof geht zur Gegensprechanlage, ein Postler will eine Unterschrift für einen eingeschriebenen Brief. Dem Bischof wird sofort heiß. Er denkt an Schurls Finger oder an andere Körperteile, die ihm die Fußballmafia vielleicht per Einschreiben zukommen lässt. Bischof drückt auf den Türöffner und eine Minute später läutet es draußen noch einmal. Der Postler ist da, besser gesagt zwei, und als dem Bischof das komisch vorkommt, ist es schon zu spät. Er bekommt seine eigene Wohnungstüre auf den Kopf, und die beiden sind schon bei ihm in der Wohnung. Der Bischof hält sich die schmerzende Stelle, und dann bekommt er noch einen klassischen Kinnhaken verpasst. Als er zu Boden geht, tätschelt ihm einer der beiden das Gesicht, hilft ihm auf

149

die Beine und fragt ihn, ob alles okay ist. Der Bischof bejaht und muss dafür vom zweiten Postboten noch einen Schlag einstecken, direkt auf den Solarplexus. Da wirft es ihn zurück an die Wand, und der Garderobenspiegel geht zu Bruch. Der nettere der beiden schließt nun die Eingangstür, und Bischof denkt an einen Raubüberfall. In diesem Moment fliegt die Eingangstüre erneut auf, und Estefania steht da, voll gestylt. Ohne ein Wort zu verlieren, verpasst sie dem ersten, dem brutaleren, einen Front-Kick mit ihren Stöckelschuhen, dass dieser mit dem Kopf gegen die Badezimmertür fliegt, und ehe er wieder aufstehen kann, bekommt er von Estefania noch zwei Haken verpasst. Der zweite Postler bekommt im Nahkampf ihren spitzen Ellbogen zu spüren. Es wird finstere Nacht für die beiden Machos, die dem Bischof so unfreundlich seine Post überreichen wollten.

Er ist fassungslos. Da liegen zwei Männer im Vorraum seiner Wohnung in T-Shirts der österreichischen Post und vor ihm steht eine Super-Transe, die diesen beiden Typen innerhalb von Sekunden vorübergehend das Licht ausgelöscht hat. Supertrans statt Superman, denkt sich der Bischof.

Es ist, als würde er dieses surreale Schauspiel in seiner Wohnung träumen. Noch bevor die Typen wieder so halbwegs zu sich kommen, hat Estefania sie mit einem Kraftklebeband an Händen und Beinen gefesselt. Langsam wird jetzt auch der Bischof wieder zum Bischof, und sein Gehirn beginnt wieder zu funktionieren.

Bischof: „Danke!"

Estefania: „Gerne! Wenn man helfen kann."

Bischof: „Hast was gut bei mir."

Estefania: „Passt schon, du schuldest mir nichts. So habe ich wenigstens wieder mal meine Techniken trainiert.", sagt sie mit lachender, hoher Stimme.

„Was machen wir jetzt mit ihnen?", fragt sie dann.

Bischof: „Ich werde die Polizei anrufen, die sollen sich um die beiden kümmern."

Estefania: „Okay, ich warte, bis sie da sind. Sicher ist sicher."

Bischof denkt kurz daran, wie seine ehemaligen Kollegen wohl entgeistert schauen werden, wenn in seiner Wohnung Supertrans steht, die gerade im Alleingang zwei Verbrecher gefangen genommen hat. Es ist ihm peinlich vor den ehemaligen Kollegen, die sich vielleicht die übelsten Geschichten über ihn einfallen lassen werden, und dass ihm das peinlich ist, das ist ihm gleichzeitig auch peinlich vor Estefania, die ihn gerettet hat. Er weiß jetzt gar nicht, wie er reagieren soll. Spätestens bei der Zeugenaussage wäre Estefania zum Stefan geworden.

„Mach dir keine Sorgen, Bischof. Ich kläre das schon auf. Du kommst wegen mir in keine peinliche Situation.", sagt Estefania hellseherisch. Wahrscheinlich ist der Bischof nicht der Erste, der sie wegen ihrer sexuellen Neigung oder wegen ihrem Aussehen meidet, um nur ja keine peinlichen Gerüchte in die Welt zu setzen.

Bischof: „Sehr rücksichtsvoll!"

Dabei lächelt er, soweit es ihm möglich ist.

Bischof: „Nun zu euch beiden Wahnsinnigen! Wollt ihr mein Geld oder was ist in euch gefahren? Ich sage euch gleich, ein Raubüberfall zahlt sich bei mir nicht aus!" Dem Bischof ist klar, dass sie es nicht auf Wertsachen oder Geld abgesehen hatten. Hier geht es eindeutig um den Schurl.

Gesprächig sind die beiden Transen-Opfer allerdings nicht. Bis auf die kurzen Schmerzensschreie im Gefecht mit Estefania ist noch kein Ton aus ihnen herausgekommen. Und jetzt starren sie ungläubig auf die hochgewachsene Dame, die sich mittlerweile wieder ihre Stöckelschuhe an- und den Rock gleichgezogen hat.

Estefania verschwindet nun doch kurz in ihrer Wohnung, und als zwei Streifenwagen in die Siedlung einfahren und vier Polizisten in der Türe stehen, ist es die kurzerhand wieder optisch zu Stefan mutierte Estefania, die sie über alles aufklärt und wie jemand agiert, der jeden Tag mit solchen Dingen zu tun hat. Stefan zeigt unaufgefordert seinen Ausweis, erzählt, dass er gerade die Stiege hochgegangen ist und dabei zufällig den Überfall auf den Bischof gesehen hat.

Bischof überlegt kurz, woher Estefania das Kraftklebeband wohl haben kann. Ich meine, das ist ja nicht gerade etwas Alltägliches in einer Damenhandtasche. Aber das bleibt wohl Estefanias Geheimnis, und dem Bischof ist es in diesem Moment nicht so wichtig, wie sie die Typen dingfest gemacht hat, Hauptsache sie hat es getan.

Der Bischof erzählt den Polizisten die Schurl-Geschichte, und dass er sich sicher ist, dass dieser Überfall mit dem Verschwinden seines Kumpels zu tun hat. Die Polizisten wollen die Geschichte aber jetzt gar nicht groß hören, denn das ist dann erst bei den Einvernahmen wichtig und bei den Aussagen von Estefania und Bischof. Sie nehmen die beiden schweigenden Ganoven mit und bitten Bischof und Estefania für eine Aussage auf die Polizeidienststelle zu kommen.

„Was ist das jetzt gewesen?", Bischof denkt laut nach. So ein dilettantischer Angriff. Das passt doch gar nicht zu einer Wettmafia aus dem ehemaligen Jugoslawien. Die sind eher dafür bekannt, reinen Wein einzuschenken und im Normalfall versagen sie auch nicht. Wie dem Hautzenbichler hätten sie auch ihm sicherlich keine Chance gelassen. Das müssen also andere Typen gewesen sein. Anfänger.

Vielleicht sind sie beim Mord an Damir dabei gewesen, vielleicht haben sie ihn sogar ausgeführt, aber sicher nicht aus eigenem Antrieb. Die beiden sind höchstens von anderen Leuten geschickt und befohlen worden. Das ist für den Bischof ganz klar.

Wie sind die beiden Typen eigentlich hierher gekommen? Bischof beschließt, mit Dreibein einen kleinen Spaziergang zu machen. Wo ist Dreibein eigentlich bei dem Überfall gewesen? Ein großer Hundeheld scheint er jedenfalls nicht zu sein. Bischof will sich auf die Suche nach dem Auto der Täter machen. Der einzige Hinweis den er hat, ist die Vermutung, dass es sich um ein ausländisches Kennzeichen handeln könnte, wahrscheinlich Bosnien. Aber selbst das ist nur eine Vermutung. Wären die beiden Profis, dann würden sie wahrscheinlich mit einem Mietwagen unterwegs sein oder mit einem gestohlenen Auto. Vielleicht findet er ja irgendetwas. Bischof nimmt seine alte Spiegelreflexkamera und geht mit Dreibein los. Er fotografiert zirka 100 Autos, die ihm im Umkreis von zwei Kilometern auffallen. Es artet richtig in Arbeit aus. Morgen früh will er noch einmal den gleichen Weg gehen und dabei beobachten, welche Autos noch an ihrem Platz stehen. Dann kann er zumindest die Fahrzeuge, die zu den beiden Tätern gehört haben könnten, ein wenig einschränken. Falls die beiden überhaupt mit einem eigenen Fahrzeug gekommen sind. Also ihr seht, alles nur Spekulation.

Bischof spielt die Bilder auf seinen Computer und sieht sie sich genau an. Nichtssagende Bilder von nichtssagenden Autos. In manche hat der Bischof auch hineingeschaut, um vielleicht etwas Verdächtiges zu finden. Natürlich können die beiden auch einen Komplizen gehabt haben, der im Auto auf sie gewartet hat. Aber Bischof will sich an den Strohhalm klammern und hofft, dass er ein Auto findet, das zu ihnen passt.

In der Nacht nach dem Überfall kann er nicht einschlafen. Er schreibt dem Kiendl eine Kurznachricht: „Noch munter?"

Fünf Sekunden später läutet sein Telefon, und der Kiendl ist am Apparat. Bischof erzählt von der Attacke der beiden vermeintlichen Postbeamten, und Kiendl klingt das erste Mal nach so vielen gemeinsamen Jahren richtig beunruhigt. Er macht sich ernsthafte Sorgen um den Bischof und vielleicht auch ein wenig um sich selbst und um seine Familie.

Kiendl meint, sie sollten sich unbedingt treffen und sie vereinbaren am nächsten Tag ein Mittagessen im Grazer Ginko, einem vegan-vegetarischen Lokal im Bezirk Jakomini, weil sie eine Strategie entwickeln wollen. Nicht der Zufall und die Gangster sollen in Zukunft in diesem Fall Regie führen, sondern die beiden Ex-Kollegen. Zu lange haben sie dabei zugeschaut, wie Dinge geschehen sind, ohne den geringsten Einfluss darauf zu haben.

Bischof hofft, dass er jetzt schlafen kann. Aber das ist leicht gesagt. Einen Überfall in der eigenen Wohnung muss man erst einmal wegstecken können. Selbst ein so abgeklärter Typ wie der Bischof hat an so etwas zu knabbern. Er lässt das Licht an, weil er

154

sich unsicher fühlt. Er steht auf und kontrolliert die Wohnungstüre. Dann geht er wieder ins Bett.

Es ist schon interessant, auf welche Gedanken man manchmal kommt. Bischof denkt beim Einschlafen an seine Tante, die verstorbene Schwester der Tante, die er beim letzten Begräbnis getroffen hat. Er denkt an deren Tod, den er nur aus der zweiten Reihe mitbekommen hat. Erst als sie im Totenkammerl im Badezimmer des Altersheimes gelegen ist, hat er sie wieder besucht. Er liegt da und hat ein schlechtes Gewissen. Es muss sehr sarkastisch geklungen haben, wie er zu ihr gesagt hat, „Schlaf gut, Tante Mizzi!". Die Tante, die Mutter und er waren da und haben schon länger gewusst, dass es mit der Tante Mizzi zu Ende gehen wird. Und jetzt lag sie da, ein Schatten ihrer selbst.
Schon als Jugendlicher hat er sich vorgenommen, all ihre Geschichten und Erlebnisse niederzuschreiben. Natürlich hat er das dann nie getan, wie so vieles, das er sich vorgenommen hat. Jetzt ist es zu spät. Alle Geschichten, die diese Frau erlebt hat, Dinge die ihr widerfahren sind, sind nun für immer verloren. Spätestens mit dem Tod des Letzten von Bischofs Generation kann sich niemand mehr an sie erinnern. Es ist schon seltsam, dass Verbrecher, Politiker oder auch ganz normale Prominente mit ihren Geschichten unsterblich werden, und ein einfacher Mensch, der eigentlich nie etwas Böses getan hat, in der Geschichte der Menschheit nach ein paar Jahren einfach nicht mehr aufscheint.
Natürlich hat man als Betroffener nichts davon, wenn sich die Leute an einen erinnern. Das sind ja nur so egoistische Gedanken der Lebenden. Da können die Leute noch so viel beten und dem Pfarrer

155

noch so viele Messen zahlen, und wenn man richtig viel Geld hat, sein schlechtes Gewissen mit einem neuen Kirchendach sauber waschen. Aber am Ende nützt das alles nichts, weil tot ist tot. Mit dem Tod tritt das ein, was sich niemand vorstellen kann, nämlich das absolute Nichts.

Nur weil wir Menschen glauben, etwas Besseres zu sein, und die meisten bilden sich sogar ein, über den Tieren zu stehen, aber der Tod zeigt allen, dass keiner besser ist. Auch Gläubige können noch so oft den schmerzhaften Rosenkranz beten, es gibt nichts, was sie nach ihrem Abgang befürchten müssten. Denn im absoluten Nichts gibt es nichts. Manche glauben ja, dass nach dem Tod die sterbliche Hülle zurück bleibt und die Seele empor steigt. Nichts da, es ist nicht nur der Körper, der langsam zu stinken anfängt, vor allem sind es die kranken Gedanken, die so übel riechend den Körper verlassen. Der Geist, der einen dazu verleitet, nicht komplett auszurasten, ist ja mit dem Körper gestorben. Ich möchte gar nicht daran denken, dass die Seele von so einem jagenden Dompfaffen weiterlebt. Nein, die soll nur schön mitverrecken mit dem. Wo kämen wir da hin, wenn so ein feiger Mörder, der sein ganzes Leben lang auf Tiere geschossen und Fleisch bis zum Abwinken in sich hinein gestopft hat, dann trotzdem noch weiterleben darf. Da behauptet so ein Kuttenbrunzer, dass es völlig okay ist, Tiere zu killen und aufzufressen. Wenn dieser Wiaschtlsiada nur einmal in seinem erbärmlichen Leben ein Schlachthaus von innen gesehen hätte, dann wäre ihm nicht entgangen, was Leiden heißt, was es heißt, wenn Tiere ohne Betäubung an den Füßen aufgehängt werden, um dann die Kehle durchgeschnitten zu bekommen. Wenn es tatsächlich einen Gott geben sollte, der Dompfaffe aus Wien

156

würde ganz bestimmt in die Hölle kommen, weil es heißt ja: ohne Gott keine Hölle, und natürlich auch umgekehrt. Aber was schwafle ich da schon wieder? Keine Zeile sind sie wert, diese Heuchler, die vor Weihnachten mit dem Klingelbeutel für die armen Kinderlein sammeln, um danach beim Galadinner Gänsestopfleber zu fressen. Am liebsten sind mir aber dann auch noch die, die sich über Gänsestopfleber beschweren, aber jeden Tag ein halbes Schwein zum Frühstück in sich hineinstopfen. „Ich esse nur ganz wenig Fleisch, und das holen wir immer bei unserem Bauern.", der Standardsatz von einem gewissensberuhigten, heuchlerischen Durchschnittsfleischfresser. Zum Kotzen, wenn man gleichzeitig weiß, dass die Tierindustrie mehr Dreck auf der Welt macht, als der gesamte Straßenverkehr zusammen. Die Schreie der Tiere müssten eigentlich bis in andere Galaxien zu hören sein.

15

Noch nie zuvor ist der Bischof in einem fleischlosen Lokal gewesen. Noch nie hat er auch nur im Ansatz daran gedacht, dass Gemüse einen höheren Status bekommen könnte als den einer Beilage.

Das Grazer Ginko ist ja eines der ältesten vegan-vegetarischen Lokale Österreichs. Hätte 1976 der erste Anlauf auch schon geklappt, dann wäre es überhaupt das älteste Lokal seiner Art.

Bischof und Kiendl treffen sich vor dem Lokal, und Kiendl besetzt einen Tisch, indem er seine Jacke hinlegt. Er ist ja mittlerweile ein routinierter Ginko-Besucher und weiß, dass man um die Mittagszeit ohne reservierten Tisch im Stehen essen muss. So gut besucht ist das Lokal. Auch heute. Die beiden gehen zum Buffet.

Kiendl: „Mah, so viele vegane Sachen, herrlich."
Bischof: „Ist mir das egal? Seit wann bist du Veganer?"

Kiendl: „Seit wir in Bosnien waren, und ich mich abends im Internet informiert habe."
Bischof: „Und warum das?"

Kiendl: „Weil ich eine Doku über die Kälber, Milchkühe und über die Hühner gesehen habe."

Bischof: „Und stirbt die Kuh, wenn man sie melkt, und das Huhn, wenn man ihm die Eier wegnimmt?"

Kiendl: „Ich bemerke deinen Sarkasmus Bischof, aber wenn es dich wirklich interessiert, erkläre ich dir das beim Essen."

Bischof: „Wieso nicht? Ich lerne ja gern dazu."

Bischof sagt das mit einem nicht zu überhörenden ironischen Unterton.

Der Kiendl ist also mittlerweile zum Veganer mutiert, und der Bischof hält das für einen vorübergehenden Spleen, den der Kiendl da jetzt hat. Der wird schon wieder normal werden, davon ist der Bischof fest überzeugt. Denn wenn der Bischof etwas weiß, dann ist es das, dass zu einer ausgewogenen Ernährung auch Fleisch gehört. Da kann ihn der Kiendl noch so aufklären und ihm erzählen, dass alles, was der Mensch benötigt, in den Pflanzen vorkommt. Niemand würde dem Bischof sein Schnitzel ausreden können.

Bischof: „Und? Wie lange wirst dein Vegansein jetzt durchziehen?"

Kiendl: „Schaue ich so aus, als würde ich etwas durchziehen? Ich bin in der Testphase, und ich habe mich informiert. Es wird mir nichts fehlen."

Bischof: „Geh bitte, schau sie doch an diese ganzen Veganer. Dürr wie Zahnstocher und schwach sind sie."

Der Kiendl zählt dem Bischof einige vegane Spitzensportler auf, und der Bischof muss kurz überlegen, bevor er zum nächsten Schlag ausholen will.

Bischof: „Du wirst sterben und dein B12 musst dir künstlich zuführen."

Der Bischof provoziert den Kiendl natürlich extra, denn er kennt einige vegan lebende Leute, aber das

159

wisst ihr ja noch vom letzten Fall. Diese Vorurteile, die hat er spätestens seit damals abgelegt.

Kiendl: „Ja, sterben werden wir alle und was glaubst, wie du zu deinem B12 kommst? Dein B12 kommt in den Tieren nur vor, weil es ihnen über ihr Futter verabreicht wird. Du kriegst es dann halt indirekt über das Fleisch. Da hole ich mir lieber eine pflanzliche Alternative, die noch dazu biologisch ist.“

Der Bischof lässt nicht locker und will den Kiendl weiter in die Enge treiben.

Bischof: „Jaja, und dein Soja, dafür werden die Regenwälder gerodet, das ist dir schon klar, Herr super Ethikspezialist. Und das mit dem Palmöl?“

Kiendl: „Bischof, ich bin wirklich enttäuscht von dir. Habe ich dich jetzt echt überschätzt, oder willst du mich nur ärgern? 98 Prozent des weltweit angebauten Sojas werden an deine Tiere verfüttert, die du dann isst. Das solltest du einmal wissen, und dieses Soja stammt genau aus den ehemaligen gerodeten Regenwäldern. Das Soja, das du hier für den menschlichen Verzehr zu kaufen kriegst, ist fast alles aus Österreich, maximal aus Deutschland. Brauchst dir nur einmal die Mühe machen und so eine Verpackung anschauen. Das mit dem Palmöl ist auch kein veganes Problem. In jedem Supermarkt stehen tausende Produkte mit Palmöl, und im Diesel hast du das auch. Das ist kein von uns Veganern verursachtes Verbrechen, sondern das haben sich deine korrupten EU-Wurschtln, die sich von einer Lobby schmieren haben lassen, auf die Fahne zu heften.“

Der Bischof gibt auf und isst jetzt leicht beleidigt sein Ginko-Essen, und er würde niemals zugeben, dass es ihm schmeckt. Doch der Kiendl bemerkt das und lächelt selbstzufrieden.

160

Der Bischof bekommt eine SMS, und es ist schon wieder so eine anonyme Nummer einer Internet-Seite, über die man Nachrichten versenden kann.

„Ihr habt unsere Nachricht empfangen. Die Warnung war eindeutig. Wir spaßen nicht. Petzlers Frau soll bezahlen, oder ihr Mann ist tot!", steht da auf Bischofs Handy-Display. Schweigend zeigt er die Nachricht dem Kiendl.

Kiendl: „Okay, mit dem haben wir gerechnet. Jetzt haben wenigstens unsere Kollegen keine Ausreden mehr. Die müssen das jetzt übernehmen und sich mit dem Ganzen beschäftigen."

Der Bischof sieht aus dem Fenster des Lokals auf die Grazbachgasse und sagt nichts. Er überlegt, wie er sich weiter einbringen kann. Er, der Pensionist.

Bischof: „Ich werde ja nicht erfahren, was sie machen, die ehemaligen Kollegen. Aber anzeigen muss ich das jetzt. Es macht mich ein bisschen nachdenklich. Eigentlich sollte ich mich freuen. Wenn sie mich nicht total anlügen, dann lebt der Schurl noch."

Er weiß natürlich genau, dass so eine Forderung überhaupt keine Garantie dafür ist, dass das Entführungsopfer noch lebt. Es wäre nicht das erste Mal, dass die Entführer ihr Opfer sofort töten und danach trotzdem Lösegeld fordern. Das hat es alles schon gegeben.

Kiendl: „Glaubst, ist es Zufall, dass du genau jetzt die SMS bekommst, während wir zusammen sind?"

Bischof: „Ich weiß es nicht. Ich schaue schon seit Tagen, ob ich verfolgt werde. Die beiden Postler habe ich davor auch noch nie gesehen. Ich weiß einfach nicht, wer da Regie führt."

Kiendl: „Die beiden sind übrigens noch in Untersuchungshaft. Sagen aber kein Wort. Ich weiß nicht, wie lange die noch einsitzen. Hoffentlich erfahre ich es."

Bischof: „Bei unseren Richtern sind die wahrscheinlich spätestens nächste Woche bis zur Gerichtsverhandlung frei."

Kiendl: „Ich weiß nicht, sie haben die Identität der beiden noch immer nicht feststellen können. Da wäre es wohl nicht klug, sie laufen zu lassen. Und ein Überfall ist ja auch kein Kavaliersdelikt. Ich gehe davon aus, dass die erst mal drinnen bleiben."

Bischof: „Schau ma mal. Ich traue denen alles zu. Hat es ja nicht erst einmal gegeben, dass solche Typen frei gelassen worden sind, und das Opfer sofort nach der Freilassung wieder aufgesucht haben. Und natürlich hat man vergessen, dem Opfer Bescheid zu geben."

Kiendl: „Nana, jetzt übertreib mal nicht. Soweit wird es nicht kommen."

Bischof: „Ich hoffe, dass ich mich täusche. Wenn ja, dann zahle ich das nächste Essen hier."

Kiendl: „Darauf freue ich mich, aber nur wenn du im ganzen Stück hier sitzt."

16

Ein Sturm zieht draußen auf, und eine Nachbarin hustet. Sie hustet den ganzen Tag, und wenn sie einmal nicht hustet, dann macht der Bischof sich Sorgen um sie. Er ist dann fast beruhigt, wenn ihm eine Mischung aus Kaffee- und Tschikgeruch in die Nase steigt, und er weiß, dass sie noch lebt. Ein anderer Nachbar hat zur selben Zeit den „Großen schwarzen Vogel" vom Ludwig Hirsch laufen. Danach die Selbstmord-Hymne vom Wolfgang Ambros „Heite drah i mi ham". Der depressive Typ sitzt auf seinem Balkon und singt aus voller Brust dieses Lied mit. „Heite drah i mi ham, schneid ma d Pulsodern auf, lieg im woarmen Wossa drin und loss mein oarmen Bluat sein Lauf; heite drah i mi ham und es tuat goar net weh, ma wird nur gaunz laungsam miad, bis ma nix meahr gspiart.", ein Lied von einem Typen, der in der Badewanne sitzt und sich feierlich die Pulsadern aufschneidet. Kurz überlegt der Bischof, diesem Nachbarn einen Psychologen vorbei zu schicken.

Der Sturm scheint die alltägliche Hektik zu vertreiben, alles ist langsamer, fast wie in Zeitlupe, und als dann der Regen einsetzt, verstummt die melancholische Musik, und sogar der Dauerhusten der Nachbarin scheint entweder vom Unwetter verschluckt worden zu sein, oder sie ist von dem Schauspiel vor dem Fenster abgelenkt geworden, so dass sie sogar auf das Husten vergessen hat.

Wo sind eigentlich diese ganzen anderen Nachbarn gewesen, als er ungebetenen Besuch bekommen hat? Es heißt ja, im Wegschauen sind die Leute alle gut. Wer weiß, wovor Estefania ihn damals bewahrt hat.

Der Bischof muss seinen Kopf frei kriegen, und er marschiert durch die Grazer Innenstadt. Der Sturm lässt jetzt langsam nach, es hat ordentlich abgekühlt, aber die Sonne strahlt schon wieder.

Er beschließt, für Weihnachten im Sturm-Fanshop ein Trikot für seinen Neffen zu kaufen. Der Bischof spürt richtige Freude dabei.

Er geht in den Fanshop und will dort die neuesten Utensilien begutachten. Er ist jetzt zwar keiner, der großartig verkleidet auf die Sturm-Spiele geht, aber er sammelt diese Dinge gerne. Als Bischof gerade ein Fan-Trikot in der Hand hält und auf den Preis schielt, hört er neben sich eine Stimme in einem Dialekt, der nicht gerade auf einen Ursteirer hinweist. Einer aus dem ehemaligen Jugoslawien ist da. Der Bischof freut sich, dass es dort anscheinend auch Fans seines Vereins gibt. Dann erkennt er Božo Bakota, einen der größten Stars, die jemals bei Sturm gespielt haben. Der Bischof kennt Božo Bakota persönlich, er hat mit ihm ja auch schon das eine oder andere Bier getrunken. Božo ist erfreut, dass er erkannt wird und auf die Frage, wie es ihm geht, antwortet er wie in manchen seiner Interviews: „Es geht so, muss gehen."

Die Sturm-Fans wissen natürlich, was das bedeutet. Auf gut steirisch heißt das, er ist ziemlich „am Sand". Der Bischof weiß nicht recht, was er darauf antworten soll. Er kann Božo auch nicht helfen, so gerne er das auch tun würde. Bedrückt verlässt er den Fanshop und marschiert weiter durch die Stadt.

Es ist Mittag, als er langsam die Innenstadt verlässt und bei einem Lokal vorbeikommt, das er noch nicht kennt. Toscana heißt es, und der Bischof denkt sich, so ein Kaffee wäre jetzt gerade das Richtige. Drinnen hocken sie, Samstag Mittag, in der Toscana, einem Lokal, das so finster ist, dass wohl nur die Toscana im November gemeint sein kann. Da wird einem am helllichten Tag die Nacht vorgegaukelt, damit man um 12 Uhr Mittag kein schlechtes Gewissen haben muss, wenn man sein fünftes Bier bestellt.

Der Nichtraucher Bischof geht an der riesigen Glastüre zum Raucherraum vorbei, und ein kurzer Blick hinein lässt ihn drinnen Renate und Hans erkennen. Beide rauchen und trinken weißen Spritzer. Bischof geht jetzt ganz schnell weiter. Er will nicht gesehen werden, weil er gerade absolut gar keine Lust auf eine Konversation hat. Und der Hans hat ja schon in der Südsteiermark erwähnt, dass er die Renate kontaktieren wird.

Ihr müsst wissen, dass Graz die zweitgrößte Stadt Österreichs ist, aber nicht groß genug, um Dinge vor anderen geheim zu halten. Von irgendjemandem wird man immer gesehen. Egal, wo man war oder ist und was man dort gemacht hat. Ein Nachteil für manche Leute, die Geheimnisse haben und vorteilhaft für so manche polizeiliche Ermittlungsarbeit.

Bischof, der genaue Beobachter, erkennt zwar nicht auf den ersten, doch aber auf den zweiten Blick, dass das Gespräch der beiden sehr vertraulich ist. Ganz eng nebeneinander sitzen sie da. Ganz nahe sind sich ihre Köpfe, und die Gestik zeigt klar, dass beide aufgeregt sind. Wahrscheinlich sprechen sie ge-

165

rade über den Schurl und dessen Verschwinden. Klar, was sollen die beiden auch sonst schon zu bereden haben?

Bischof wird jetzt erst recht neugierig und möchte einen Beobachtungsplatz im Lokal finden, auf dem er nicht erkannt wird. So einen Platz gibt es aber nicht. Er muss raus aus dem Lokal, wenn er nicht gesehen werden will, und er beschließt, vor dem Lokal auf die beiden zu warten.

Zwanzig Minuten später verlassen Renate und Hans das Lokal und gehen gemeinsam in eine Richtung. Jetzt heißt es für den Bischof Abstand halten. Nur nicht zu dicht an die beiden herankommen, aber sie auch nicht zu weit weglassen und sie verlieren. Bischof ist gespannt, wie selten bei einem Fall zuvor. Vielleicht haben die beiden ein Geheimnis?

Die Fußgängerampel schaltet auf Rot und alle drei müssen warten. Wer die Grazer Ampelschaltungen kennt, der weiß, wie flink man als Fußgänger sein muss, um die andere Straßenseite noch rechtzeitig zu erreichen. Das ist dem Bischof mit seinen fast hundert Metern Abstand jetzt sicher nicht möglich. Blitzschnell überlegt er, wie er den beiden trotzdem weiter folgen kann, aber er hat keine Idee. Die Ampel schaltet auf Grün, und die beiden überqueren die Straße. Bischof wartet und rennt dann so schnell er kann, aber wie befürchtet ist es schon Rot, und die Autofahrer bedenken ihn mit einem Hupkonzert der übelsten Sorte. Gerade das ist jetzt aber viel auffälliger als alles andere, trotzdem hat der Bischof großes Glück, weil Renate und Hans nichts bemerken. Da vorne gehen sie friedlich nebeneinander her, um dann vor einer auffälligen Limousine stehen zu bleiben. Der Bischof versteckt sich zwischen den parkenden Autos, so, dass er auch den Passanten möglichst nicht

166

auffällt. Dann fahren die beiden in ihrer Limousine an ihm vorbei. Ein richtig fettes und teures Auto, das sich der Hans da geleistet hat. Und weg sind sie, verschwunden im Stadtverkehr.

Der Bischof ist wütend. Wütend auf sich selbst, obwohl er sich wirklich nichts vorzuwerfen hat. Er läuft zum nächsten Taxistand und sagt dem Fahrer Renates Wohnadresse an.

Laut Renate ist das Haus wegen der Spielschulden vom Schurl ja verloren, aber anscheinend hat sie noch eine Gnadenfrist der Gläubiger. Hans' Schlitten steht tatsächlich vor dem Haus, und Bischof ist neugierig wie selten zuvor. Läuft da was zwischen den beiden?

Es ist dem Bischof nicht möglich, ungesehen auf das Grundstück zu gelangen. Es ist schon schwierig, überhaupt vor Schurls Haus zu stehen, ohne von den Nachbarn gesehen zu werden. Er spürt förmlich die neugierigen Blicke der Leute hinter den Vorhängen. Er spürt, wie er beobachtet und gemustert wird. Sein Taxi entfernt sich, und der Bischof steht jetzt ungeschützt da. Er muss nun schleunigst handeln. Als Ex-Polizist weiß er, dass die Leute hier nicht lange fackeln, wenn es darum geht, der Polizei einen Verdächtigen zu melden. Zu oft ist in der Vergangenheit in dieser Gegend eingebrochen worden.

Prompt öffnet sich die Tür eines Nachbarhauses. Ein älterer Mann kommt heraus und fragt den Bischof unverhohlen, wen er denn hier sucht. Der Bischof murmelt „schon erledigt", dreht dem Mann den Rücken zu und geht wieder Richtung Innenstadt davon. Schnell weg hier, bevor die Renate noch Wind bekommt. Eine falsche Aktion, und sie schöpfen Verdacht, oder noch schlimmer, es gibt gar nichts zum Verdächtigen und die beiden beraten über Lösungen, und Hans will uneigennützig helfen. Aber Bischof ist ja lange genug bei der Polizei gewesen. Uneigennütziges Helfen gibt es maximal unter Geschwistern, aber das waren Renate und Hans bestimmt nicht.

Deshalb unterstellt Bischof den beiden erst einmal ein Verhältnis. Natürlich kann er jetzt nicht bei denen auftauchen und sie mit seiner Weisheit konfrontieren. Sie würden alles abstreiten oder ihn sogar für verrückt erklären. Nein, es müssen Beweise her. Er muss beweisen, dass sie über eine Freundschaft hinaus etwas miteinander haben. Deshalb beschließt er, sich an Renates Fersen zu heften, um so zu erfahren, ob sie mit dem Fall etwas zu tun hat. Er will sich jetzt auch nicht zu weit aus dem Fenster lehnen, denn schließlich will er ja irgendwann, vielleicht sogar bald, wieder zurück in den Polizeidienst. Also, sich erwischen lassen beim Beobachten geht schon einmal gar nicht.

Der Bischof will die Renate überwachen, es dabei aber so bequem wie möglich haben. So wird es wohl das Beste sein, nächtens bei der Autoeinfahrt des Hauses eine Kamera zu montieren und diese zwei Tage später wieder abzuholen. Das ist Bischofs Plan den er jetzt ausführen will.

Er fährt in ein großes Technik-Haus im Süden von Graz und kauft sich die teuerste Mini-Überwachungskamera, die zu finden ist. Am selben Abend fährt er in Renates Gegend, parkt das Auto in einer stark befahrenen Straße und geht dort mit Dreibein Gassi. Unauffälliger wäre es nicht gegangen. Ein Mann mit einem dreibeinigen Hund, der kann doch nichts Böses im Schilde führen. In der Gasse angekommen, in der Schurls und Renates Haus steht, sieht Bischof noch vereinzelte Lichter und in einigen Fenstern das Flimmern der Fernsehgeräte. Jetzt heißt es schnell sein. Er deutet Dreibein, hier still zu warten, und er

168

kann nur hoffen, dass der Kleine auch mitspielt. Dann klettert der Bischof schnell über den Zaun, um zwischen Dach und der Wand eine kabellose Kamera, verstärkt durch einen Zusatzakku, zu positionieren. So wird ihm keine Ankunft und keine Abfahrt verborgen bleiben. Zufrieden springt er dann zurück auf die Straße und verwandelt sich wieder in den unauffälligen Gassigeher mit Hund. Richtig stolz auf seine Arbeit dreht er sich noch einmal um, um zu schauen, ob ihn jemand gesehen haben könnte, dann geht er mit Dreibein flotten Schrittes zu seinem Auto. Zwei Tage soll der Akku reichen, steht in der Beschreibung. In zwei Tagen zur selben Uhrzeit wird er also seine neue technische Errungenschaft, hoffentlich inklusive gutem Beweismaterial, wieder abholen.

17

Bischof ist schon seit Tagen ziemlich aufgeregt. Er hat seine Wohnung, die er ursprünglich ja eigentlich hätte aufgeben wollen, geputzt, und alles Anstehende in Ordnung gebracht, denn am Wochenende kommt Dana. Er ist sich noch immer nicht ganz sicher, ob er ihr so einfach anbieten soll, hier bei ihm zu schlafen, weil so groß ist die Wohnung dann auch wieder nicht. Dem ewigen Einzelgänger Bischof macht zu viel Nähe fast ein wenig Angst. Also doch ein nahegelegenes Hotel oder eine Pension? Auf alle Fälle will er den besten Eindruck auf Dana machen, da kann eine aufgeräumte Wohnung nicht schaden.

Ein guter Gastgeber mit einer sauberen Wohnung, soll der nicht auch für seinen Gast kochen? Er, der gelernte Koch, hasst seinen Beruf aber von ganzem Herzen. Nicht umsonst hat der Bischof mit dem letzten Tag seiner Lehre die Kochschürze an den berühmten Nagel gehängt. Doch für Dana will er eine Ausnahme machen. Weil Liebe geht durch den Magen, wie es so schön heißt. Auch wenn man sich getötete Tiere in den trägen Verdauungsapparat stopft.

Bischof will jetzt noch schnell einkaufen gehen, zu seiner Fleischerin um die Ecke, wo er immer hingeht. Eine der letzten verbliebenen, denn die selbst-

170

ständigen Fleischhauer kann man in Graz an einer Hand abzählen. Nicht deshalb, weil heute weniger Fleisch gegessen wird, nein, ganz im Gegenteil, tote Tiere essen wird immer populärer. Aber die großen Handelsketten haben das auch erkannt und zerlegen in ihren eigenen Zentralen oder überhaupt gleich in den Märkten selber. Eine Fleischhauerin, das ist sowieso etwas ganz seltenes. Manu ist wohl die letzte Selbstständige, die sich mit einem angeschlossenen Imbiss und Wirtshaus über Wasser hält.

„Manus Fleischmanufaktur" ist ursprünglich auf dem Eingangsschild gestanden. Das weiß der Bischof, weil er dort immer seine Leberkässemmeln gekauft hat. Jetzt ist etwas ganz anderes drauf zu lesen, nämlich die kreative Wortschöpfung „Manu fuck you – Fleisch ist Mord".

Ein Streifenwagen steht vor der Tür, und die aufgebrachte Geschäftsinhaberin erklärt den Sachverhalt gerade zwei Beamten. In der Nacht hat sich nämlich jemand einen bösen Streich erlaubt und das Schild nicht besonders niveauvoll übersprayt. Der Bischof schaut, dass er schnell an dem Geschäft vorbei kommt, denn er will nicht erkannt und angesprochen werden. Beim möglichst unauffälligen Vorübergehen hört er, wie die Fleischerin gerade „diese deppaten Tierschützer" sagt. Er geht jetzt also weiter zum Spar und kauft dort das Fleisch für das Gericht, mit dem er seine bosnische Besucherin überzeugen will. Ein Kalbsschnitzel soll es werden, schön paniert mit einem steirischen Erdäpfelsalat dazu.

Dazu noch drei Extrawurstsemmeln mit Bergbaron und Essiggurkerln, die sich der Bischof jetzt gleich einverleiben will. Ein bisschen ein schlechtes Gewissen hat er manchmal schon, seit der Kiendl zum Vegetarier und nun anscheinend sogar zum Ve-

171

ganer geworden ist. Vor allem, wenn er so wie jetzt in einem der Supermärkte einkauft, die zu der Kette gehören, die von Tierschützern vor zwei Jahren angezeigt worden sind, weil sie aus dem Ausland importiertes Fleisch als österreichische Bauernhofqualität verkauft haben. Das ist ein großer Skandal gewesen, der sogar in der internationalen Presse erwähnt worden ist. Gleichzeitig haben die Tierschützer Material aus heimischen Schlachthöfen veröffentlicht, auf denen man die schrecklichsten Tierquälereien gesehen hat. Schlachter, die ihre Zigaretten auf den Tieren ausgedrückt haben, andere, die sie aus Spaß getreten oder sie einfach in der Betäubungsbox stehen gelassen haben, um gemütlich in die Mittagspause zu gehen. All das haben die Tierschützer damals veröffentlicht und er, der Bischof, steht jetzt genau in einer solchen Filiale, in der das falsch etikettierte Fleisch verkauft worden ist. Hätte er bei Manu nicht etwas Besseres bekommen? Weniger gequälte Tiere? Warum haben sich dann die Tierschützer an Manus Schild ausgetobt, wenn ein Fleischhauer doch die bessere Wahl sein soll? „Weil die Tiere gar keine Wahl haben und im Grunde jedes Fleisch Tierquälerfleisch ist", hört er jetzt den Kiedl sagen. „Weil, welches Tier lässt sich schon freiwillig betäuben und an den Füßen aufhängen, um dann für den Gaumengenuss aufgeschlitzt zu werden?"

Der Kiedl würde ihn jetzt mit Blicken strafen, denen er nicht mehr ausweichen könnte, und er würde ihn anmaulen, dass selbst ein gestandener Polizist wie der Bischof kurz Luft holen müsste. „Nix da!", sagt er, als ihn die Wurstverkäuferin fragt, was er denn gerne hätte. Dann dreht er um, geht zur Obstabteilung und kauft sich ein paar Äpfel und Bananen. So würde das dem Kiedl gefallen. Dann geht der

172

Bischof mit seinen Einkäufen Richtung Kassa und rennt fast in das Einkaufswagerl einer dicken Mutter mit einem noch dickeren Kind. Die Mutter ist so eine aufgetakelte Lady, Marke „Ich muss voressen für den Winterschlaf und das von Jänner bis Dezember, darum brauch ich jeden Tag ein halbes Schwein" und die andere Hälfte dürfte ihr dickes Kind, das jetzt im Einkaufswagen sitzt, bekommen, damit es auch einmal so groß und stark wird.

Im ersten Moment denkt der Bischof, dass das arme Kind nicht gehen kann, wie es da mit seinen etwa vier Jahren brav im Einkaufswagen bleibt. In einer Hand hält es eine Packung Fruchtzwerge und in der anderen ein iPad. Die dicken Füßchen hat es durch die Metallstäbe gezwängt. Der Bischof starrt die Mutter an und fragt, ob denn das arme Kind krank wäre.

„Warum?", fragt sie entsetzt zurück.

Bischof: „Weil es in seinem Alter da drin sitzt und zur Bewegungslosigkeit verdammt ist. Ich habe geglaubt, dass es eine Beeinträchtigung hat."

Er will nicht zu sehr auf Angriff gehen, aber nur den Kopf schütteln und weitergehen will er auch nicht. Da sitzt also dieses dicke Kind, seiner Mutter ausgeliefert in dem Einkaufswagen und es wird eingekauft, was das Zeug hält, und das Kind wird dann damit gemästet und zu Tode gepflegt. Bewegung gibt es höchstens im Kindergarten, zu Hause ist das Kind brav. Ruhiggestellt durch Fernsehen und Computer. Mit Scheiße vollgestopft, und dann wundern sich die Eltern, wenn es irgendwann auszuckt, nicht mehr funktionieren will und von Süßigkeiten auf harte Drogen umsteigt. Der Bischof hat aber heute einen sarkastischen Tag und meint zu der Dicken: „Sie gehören eigentlich wegen Kindesmisshandlung und

173

Körperverletzung angezeigt. Stopfen Sie dem armen Kind weniger Scheiße rein und lassen Sie es zu, dass es sich bewegt!" Er spricht die harten Worte und geht und ist direkt von sich selber überrascht. Beim Gehen spürt er, wie die völlig paffe Mutter ihm nachschaut und versucht, ihn mit ihren Blicken zu töten. Vielleicht hat es ja doch etwas geholfen, vielleicht darf das arme Kind sich danach öfter bewegen und muss weniger Dreck in seinen kleinen Körper stopfen.

Beim Kochen gehen dem Bischof viele Gedanken durch den Kopf. Warum haben sich die Gangster noch nicht gemeldet? Wenn sie Geld wollen, dann wäre es nun langsam an der Zeit, dass man direkt mit den Beteiligten der Gegenseite Kontakt aufnimmt. Da tut sich aber nichts. Und ist Renate wirklich die geschädigte Ehefrau, das Opfer, oder spielt sie eine andere Rolle in diesem Fall? Renate weiß, dass im Fall von Schurls Ableben plötzlich ganz viele Probleme vom Tisch wären. Sie weiß, dass es danach nie mehr Geldsorgen geben würde. Wie naheliegend ist es also, dass sie mit Schurls Verschwinden etwas zu tun hat? Oder will sie sein Verschwinden vielleicht nutzen, um ihn endgültig loszuwerden? Natürlich weiß sie, dass sie danach erpressbar sein könnte, und sie muss auf Nummer sicher gehen, dass der Tod ihres Mannes nicht mit ihr in Verbindung gebracht werden kann.
Die langjährige Frau seines besten Freundes – ist es möglich, dass sie eine Mörderin oder Auftraggeberin für eine Entführung ist? Der Bischof kann das irgendwie nicht glauben. Es kann nicht sein, was nicht sein darf. Damir, war der ihr jugendlicher Liebhaber, den sie dann eiskalt abservieren hat lassen? Dem Bischof sind diese Gedanken irgendwie zu konstruiert. Er verwirft sie, weil heute will er nur mehr der

Privatmann sein, der einen wunderbaren Besuch aus Bosnien erwartet.

Endlich ist es soweit. Gekampelt und frisch rasiert ist der Bischof eine viertel Stunde zu früh am Bahnhof, aber er will es so. Besser früher dort sein, weil man weiß ja nie.

Der Zug fährt endlich auf dem Bahnsteig ein, und der Bischof freut sich wie ein Firmling. Da ist sie, Dana, und der Bischof kann seine Freude nicht verbergen. Dana lächelt und er nimmt ihr das Gepäck ab. Plaudernd gehen die beiden Richtung Parkplatz.

Der Bischof sieht schon von Weitem, dass da etwas hinter seinem Scheibenwischer klemmt. Ein Strafzettel? Das kann nicht sein, er hat ja ordnungsgemäß bezahlt. Je näher sie zum Auto kommen, desto kleiner wird Bischofs Freude über den Besuch, und desto stärker bedrängt ihn ein ungutes Gefühl. Etwa zehn Meter vor dem Auto sieht er, dass es kein Strafzettel ist. Dann liest er die Nachricht, eine eindringliche Warnung in wenigen Worten:

„Halt dich raus aus der Geschichte oder du wirst es bereuen!"

Bischof schaut sich um, und natürlich ist weit und breit kein Verdächtiger zu sehen. Aber es bestätigt sich wieder seine Annahme, dass er unter Beobachtung steht. Er beschließt, gleich morgen mit Dana einkaufen zu gehen. Er ist einfach in der Annahme, dass alle Frauen gerne einkaufen. Eine etwas veraltete Einstellung, aber keine bösartige. Der eigentliche Hintergedanke des Einkaufsbummels ist aber, dass er weitere Kameras besorgen will.

Dana bemerkt seine plötzliche Nachdenklichkeit.

„Ist alles okay? Ich hoffe, ich komme nicht ungelegen."

175

Bischof: „Nein, überhaupt nicht, ich freue mich so sehr über deinen Besuch. Es ist nur diese Nachricht da jetzt am Auto. Du weißt eh, noch immer die Sache mit dem Schurl."

Dana: „Und das war keine nette Nachricht, oder?"

Bischof: „Nein, aber lassen wir das jetzt. Machen wir uns heute einen schönen Abend. Ich hoffe, dass du Hunger hast.", meint er und lacht schon wieder.

Dana erwidert das Lachen und schaut dabei interessiert in Richtung Schloßberg. Sie genießt sichtlich das schöne Graz.

Bischof: „Ich hoffe, du hattest eine angenehme Fahrt."

Dana: „Ja, es war schon okay, ich habe ein Buch mit auf der Reise gehabt und ein bisschen geschlafen, und dann war ich auch schon da."

Bischof schaut unauffällig in den Rückspiegel, Dana bemerkt das, aber sie verliert ihr Lächeln nicht dabei.

„Was für eine Frau", denkt sich der Bischof und konzentriert sich auf den Straßenverkehr. Nach zehn Minuten sind sie auf dem Parkplatz vor Bischofs Wohnung.

Dreibein begrüßt die beiden freudig und als es zu Tisch geht, ist er noch erfreuter. Der Kleine weiß, dass da immer etwas für ihn abfällt.

Bischof muss heute noch weg. Sobald Dana schläft, will er mit Dreibein die Kamera abholen, aber bis dahin genießt der den gemeinsamen Abend mit ihr. Gerade kommt sie in einem bezaubernden roten Kleid aus dem Zimmer.

Der Bischof wird doch nicht? Ich habe ehrlich geglaubt, dass er gegen solche Unsinnigkeiten immun ist, aber da habe ich mich in ihm scheinbar getäuscht. Zuerst hat er immer so kalt und abweisend getan und

176

andere in ihrem Beziehungsunglück fast ein bisschen ausgelacht, und er war meistens richtig froh, alleine zu sein, und dann trifft er eine Frau und wirft gleich alle seine Singledaseins-Vorsätze über Bord. Da bin ich von ihm jetzt echt ein bisschen enttäuscht.

Er ist ja sonst ein Mann, der normalerweise seinen Grundsätzen treu bleibt. Nicht falsch verstehen, ich gönne ihm ja das Glück, nur, er ist halt immer der totale Beziehungsgegner gewesen, und dann das. Aber er muss es ja selber wissen. Und ich kann es auch nachvollziehen. Es gibt eben Frauen, an denen kommt man nicht vorbei, selbst wenn man es noch so will. Die senden Botenstoffe aus, oder was weiß ich noch alles, und dann kann man nicht anders. Man schaut weg, denkt an ein Glas saure Gurkerln oder an die Pelzfuffi Carmen Stamboli, bei der die Pharmaindustrie endlich einmal etwas Gutes tun könnte und ihr die Verhütungsmittel bis zur Menopause sponsern. Aber am Ende steht sie da, die Eine in ihrem roten Kleid, und man ist, was man immer schon war. Ein Mann. So ist das halt im Leben.

Doch Bischof hat heute noch eine Mission zu erfüllen. Als Dana tief und fest schläft, schleicht er mit Dreibein aus dem Haus, um endlich die Kamera abzuholen. Dreibein ist mittlerweile schon ein routinierter Begleiter geworden, der ruhig auf den Bischof wartet, während dieser seine Turnübungen an fremden Gebäuden macht. Bischof ist schon etwas angespannt, denn hätte jemand diese Kamera gefunden, dann wäre das für die zukünftigen Ermittlungen wohl ganz schlecht gewesen. Außerdem hätte ihn eine möglicherweise vorhandene Gegenkamera auch noch persönlich verraten, und er hätte schlimmstenfalls eine völlig unschuldige Renate gestalkt, die ihm dann wohl sofort die Freundschaft gekündigt hätte.

Nach einer knappen Stunde sind die beiden wieder zu Hause, und die Neugier lässt dem Bischof jetzt keine Ruhe. Er schaut sich das Filmmaterial gleich am Computer an, doch die Enttäuschung ist groß. Nichts, absolut nichts ist auf den Bildern zu sehen, das auch nur annähernd verdächtig sein könnte.

Den Plan, weitere Kameras zu kaufen, den hat er verworfen.

18

Die guten Tage vergehen manchmal viel zu
schnell, und solche Tage hat der Bischof jetzt mit
Dana gehabt. Tage, die er nie mehr vergessen und die
er in Zukunft auch nicht mehr missen will. Aber was
soll das Herumgerede? Der Bischof hat sich in Dana
verliebt, und auch die Dana eindeutig in ihn. So richtig kitschig, dass einem fast übel werden könnte,
wenn man ihnen so zuschaut beim Händchenhalten
und so. Ihr wisst ja, am Anfang ist immer alles so toll
und so einfach, und dann ist alles immer nur beschissen, aber was erzähle ich Euch, das wisst Ihr ja auch
selber. Außerdem ist die Dana nach dem Wochenende
wieder nach Hause gefahren, weil sie sich auch noch
um ihre Pension in Tuzla kümmern muss.

Aber nun zurück zum eigentlichen Thema, weil
Ihr wolltet ja einen Krimi lesen und den sollt Ihr auch
haben. Ich erzähle Euch keinen Blödsinn, und dick
auftragen möchte ich auch nicht. Alles was Ihr da
zum Lesen kriegt ist geschehen, auch wenn es
manchmal schwer zu begreifen ist, und auch wenn
der Bischof mir früher immer wieder vorgeworfen
hat, einen Hang zur Übertreibung zu haben. Das mag
vielleicht auch manchmal der Fall gewesen sein, bei
belanglosen Dingen, aber nicht, wenn es um etwas

gegangen ist, ich meine solche Tragödien wie hier, da möchte ich Euch nicht noch extra mit irgendwelchen erfundenen Sachen auf die Nerven gehen. Aber lest selbst!

Manchmal hofft man darauf, dass sich gewisse Dinge einfach von selber erledigen. Was aber leider eher selten geschieht. Ein kaputtes Auto wird selten wieder von alleine ganz, im Gegensatz zu den Hunden oder auch Menschen, da heilt oft die Zeit ein bisschen. Aber manchmal erledigen sich Dinge, über die man sich nächtelang den Kopf zerbrochen hat, schließlich dann doch ganz von alleine. So ist das auch der Fall beim Bischof, der schließlich nicht mehr schlafen hat können, weil sein Kumpel Schurl einfach abgetaucht oder entführt worden ist oder sogar noch schlimmer.

Also es war so:

Der Kiendl fährt mit dem Bischof durch Graz, um wieder einmal einem Hinweis nachzugehen. Es ist nämlich eine Meldung hereingekommen, dass der Schurl in der Stadt gesehen worden ist. Auch der Bischof hat sich damals im Stadion gedacht, er hätte ihn gesehen, wie Ihr euch vielleicht noch erinnern könnt, und auch noch andere Leute, solche, die den Schurl gar nicht gekannt und bei der Polizei angerufen haben. Einmal in Graz, einmal in Wien und einmal sogar in Bratislava. Alles dubiose Informanten sind das gewesen, die sich anscheinend einmal in ihrem Leben wichtig vorkommen wollten, und sich einfach einmal einen Schurl erscheinen lassen haben. Aber was soll's, jeder braucht halt irgendwie Aufmerksamkeit, und wenn man die nicht kriegt, dann geht man eben der Polizei auf die Nerven und spielt ein bisschen Sherlock Holmes. Da solche Pappenheimer meistens nicht das erste Mal vermisste oder gesuchte Personen gesehen haben, sind diese der Polizei bekannt und man kann getrost nach dem Telefonat den Notizzettel in den Papierkorb werfen.

Bischof und Kiendl fahren jetzt also dorthin, wo der Schurl angeblich zuletzt gesehen worden sein soll, nämlich auf den Grazer Schloßberg, genauer gesagt in eine dortige Gaststätte. Mit zwei aktuellen Bildern vom Schurl betreten die beiden das Lokal, in der Hoffnung, dass jemand vom Personal ihn wiedererkennt. Doch dem ist nicht so und es wäre auch verwunderlich gewesen, denn in diesem Lokal spielt es sich dermaßen ab, da muss man schon ein Computer-Gedächtnis haben, um sich an einzelne Gäste erinnern zu können. Und so eine herausragende Erscheinung ist der Schurl dann wirklich nicht. Das hat manchmal Vorteile, aber manchmal auch Nachteile. Für den Bischof und den Kiendl ist das jetzt natürlich nicht so gut.

Beide blicken sie vom Schlossberg hinunter auf die Stadt. Viele Leute genießen hier oben die letzten schönen Tage vor dem langen Winter, und alles scheint sehr harmonisch zu sein. Die Eisverkäufer freuen sich über die letzten großen Umsätze, und Bier trinken die Leute sowieso zu jeder Jahreszeit.

In der Ferne hört man die Feuerwehrsirene vom Lendplatz. Dann sieht man, wie sich die Feuerwehrautos ihren Weg durch die Innenstadt in Richtung St. Peter bahnen. Auch vom Dietrichsteinplatz scheinen Autos wegzufahren. Ein größerer Einsatz, so schaut es aus. Da sind jetzt sogar Rauchschwaden zu erkennen, die in den Himmel emporsteigen.

Bischof: „Schau Kiendl, das muss doch dort in der Nähe von Schurl und Renate sein. "

„Oder direkt bei ihnen.", meint der Kiendl im Halbspaß.

Die beiden wollen den Fußmarsch auf den Schloßberg mit einem Getränk abschließen, als Bischofs Handy läutet. Ein ehemaliger Kollege berichtet ihm, dass das Haus von Schurl brennt.

Der Bischof legt im Schock 20 Euro auf den Tisch und erzählt dem Kiendl im Aufstehen was er gerade gehört hat. Dann laufen die beiden den Schlossberg hinunter zu Bischofs Auto, um so schnell wie möglich am Ort des Geschehens zu sein.

Dem Bischof ist heiß und gleichzeitig kalt und er ist froh, dass Kiendl fährt. Durch einen weiteren Telefonanruf erfahren sie, dass Tote im Haus vermutet werden, es wegen der Einsturzgefahr vorerst aber nicht betreten werden darf. Bischofs Gedanken überschlagen sich. Er hofft, dass er jeden Moment aus einem Traum erwachen wird. Dann sind sie da. Es brennt noch an verschiedenen Stellen und die Löscharbeiten sind weiter im Gange. Sogar die Hütte daneben steht in Flammen. Alles am helllichten Tag. Dem Bischof ist klar, dass hier ein Verbrechen geschehen sein muss. Die Rache der Wettmafia vielleicht? Wahrscheinlich haben sie auch den Schurl schon längst getötet und in irgendeinem bosnischen Wald verscharrt. Die Mafia hat ein Zeichen gesetzt, für andere, damit nicht noch jemand auf die Idee kommt, seine Schulden nicht zu bezahlen.

Kiendl redet mit den Kollegen, während der pensionierte Bischof ordnungsgemäß hinter den Absperrungen bleibt. Er schaut sich aber aus der Ferne das ausgebrannte Auto in der Einfahrt an. Es ist das Auto von Hans.

Bischof sieht das als Bestätigung für das Verhältnis von Renate und Hans. Denn dass dieser Typ sich

182

hier andauernd aufhält, das muss doch wegen der Sache mit den Hormonen sein. Weil, einfach nur uneigennützig für die arme Renate da sein und ihr helfen, so etwas kommt zwischen Frauen und Männern eher selten vor. Aber was weiß der Bischof schon? Er will jetzt gar nichts mehr glauben und sich nur noch an die Fakten halten.

Dann kommt der Kiendl und erzählt, dass er soeben erfahren hat, dass es Johannes, dem Sohn von Renate und Schurl, gut geht und er in der Schule ist.

Bischof fühlt sich verpflichtet, etwas für den Buben zu tun, und er holt Johannes aus der Schule ab. Der sitzt schon in einem Raum und wird von Psychologen betreut. Man muss ja mit dem Schlimmsten für seine Eltern rechnen, aber Johannes scheint das alles fast ungerührt zur Kenntnis zu nehmen. Er schreit nicht, er bricht nicht zusammen, obwohl seine ganze Welt zusammengebrochen ist. Vater verschwunden oder tot, Mutter vielleicht tot, das Zuhause abgebrannt. Alles, was sein Leben war, ist in Schutt und Asche. Gedanken, die den Bischof selbst an den Rand der Verzweiflung bringen. Er beschließt, sich erst einmal um ihn zu kümmern, bevor die Fürsorge einspringen kann. Johannes schaut den Bischof an, und dieser ist sich nicht sicher, ob der Bub ihn überhaupt erkennt.

Ein blasser Zehnjähriger sitzt jetzt auf dem Rücksitz seines Autos. Die traurigsten Augen, die Bischof seit langer Zeit gesehen hat.

„Magst einen Kaugummi?", fragt er, weil ihm im Augenblick nichts Besseres einfällt, aber Johannes bleibt stumm und Bischof beschließt, zunächst einmal den Mund zu halten.

Bischof träumt vom kroatischen Meer im Herbst, von den Inseln, die dort zu der Zeit fast menschenleer sind, und er träumt von Dana, die mit ihm den Strand entlang geht. Dreibein läuft neben ihnen her und versucht, in die Wellen zu springen, die ihn aber jedes Mal an den Strand zurückspülen. Es ist ein wunderschöner Tag, und plötzlich sieht Bischof, dass da in der Ferne etwas liegt. Es ist so weit weg, dass man es noch nicht identifizieren kann, und die Drei gehen nun etwas schneller, weil die Neugierde immer größer wird. Je näher sie kommen, desto mehr wird es zur Gewissheit, dass dort ein Mensch liegt. Es ist der Schurl, sein toter Körper, der schon lange hier zu liegen scheint, und als sich der Bischof zu ihm hinunterbeugt, spricht Schurl plötzlich mit eingeschlagenem Schädel zu ihm: „Jetzt hast mich doch gefunden, Bischof. Gute Arbeit."

Schweißgebadet schreckt er in seinem Bett auf. Er geht hinaus in die Küche und will etwas trinken. Johannes sitzt auf seiner Couch und sieht fern. Bischof weiß nicht, was er zu ihm sagen soll. Er will nichts falsch machen, aber nichts zu sagen ist vielleicht auch nicht ideal. Den großen Psycho-Onkel zu mimen ist aber auch nicht seine Art. Bischof wünscht sich, Dana wäre hier, weil sie mit ihrer bloßen Anwesenheit schon für etwas Entspannung sorgen würde. Er beschließt, ihr eine SMS zu schreiben, mit der Bitte, nach Graz zu kommen. Er sendet die Nachricht zu so einer späten Stunde, dass er eigentlich gar nicht mit einer Antwort gerechnet hat, aber keine drei Minuten später ist schon eine da.

„Ich komme morgen, kein Problem.", schreibt sie knapp.

Bischof kann es kaum fassen, und er freut sich sehr auf sie. Es ist ein Wellenbad der Gefühle. In dem

Moment, in dem Dana vor seinem geistigen Auge erscheint, betritt Johannes das Zimmer und die bittere Realität holt ihn wieder ein.

Der Bischof hat in seiner Laufbahn ja viele Fälle klären müssen, und nicht selten sind Kinder die großen Verlierer bei diesen Tragödien gewesen. Sehr oft haben sie beide Elternteile verloren, wo der Vater die Mutter getötet und sich dann selbst gerichtet hat oder ins Gefängnis gekommen ist. Unfassbare Geschichten. Kinder kommen von der Schule nach Hause und das Leben, das sie gekannt haben, gibt es nicht mehr. Wie soll das ein Mensch, in diesem Fall sogar ein Kind, begreifen und verarbeiten?

Johannes und Bischof schweigen, ein Schweigen, das kaum zu ertragen ist. Bischof weiß nicht, was er dem Buben sagen soll. Wie kann er ihn trösten? Ist das überhaupt möglich? Ach, wäre Dana nur schon hier. Die würde mit ihrer Geschäftigkeit Leben in die Wohnung bringen.

Solch ein Leben, das nur Frauen schaffen, in Wohnungen und Häuser zu zaubern. Kinder machen das auf ihre Art und Weise auch, mit ihrer Lebhaftigkeit, mit ihrer Leichtigkeit. Und die meisten Frauen schaffen es mit ihrer Eleganz, die Sorgen zu überspielen und Managerqualitäten zu zeigen, von denen die Männer nur träumen können.

Bischofs Telefon läutet, und der Kiendl erzählt ihm, dass Hans sich bei der Polizei gemeldet hat. Er ist zum Zeitpunkt des Brandes in der Stadt gewesen und hat nur bei der Renate geparkt, um die Parkgebühren nicht zahlen zu müssen. Der Kiendl meint, dass seine Aussagen überprüft worden sind, und der Hans tatsächlich den ganzen Tag in Geschäftsterminen gewesen ist.

Kiendl und Bischof warten noch immer voller An-
spannung auf die Meldung der Feuerwehr, ob im
Haus Leichen gefunden worden sind, aber die lassen
sich Zeit. Die Einsturzgefahr ist einfach noch zu groß
und zum Retten gibt es dort bestimmt nichts und niemanden mehr.

19

Kleine Zeitung, 2. Oktober 2015. Božo Bakota ist tot. Wow, was für eine Nachricht für den Bischof. Ein Idol einer ganzen Generation ist gestorben. Einer der größten Sturm-Spieler aller Zeiten ist nicht mehr. Nach Gernot Jurtin 2006 ist ihm nun sein kongenialer Stürmerkollege in den Tod gefolgt.

Bischofs Tag beginnt beschissen mit dieser Zeitungsnachricht. Das ist zu viel. Diese schlechten Neuigkeiten müssen ein Ende haben. Bischof kündigt noch am selben Tag das Abo, weil er sich mit diesem Schritt selbst vor der Welt schützen will. Denn „Wos i net waß, mocht mi net haß", wie es so schön heißt.

Sein Handy läutet und Kiendl ist gutgelaunt am anderen Ende der Leitung: „Und? Heute schon Tierleichen verspeist?", fragt er sarkastisch den deprimierten Bischof, der nun seinem Frust freien Lauf lässt.

„Du verdammter Gutmensch! Glaubst du wirklich, dass du besser bist, weil du kein Fleisch isst, oder glaubst du, dass du die Welt mit diesem Scheiß retten kannst? Du und deine Weltverbesserer, ihr glaubt wohl, ihr könnt auf uns herabsehen. Wofür hältst du dich eigentlich?"

Der Kiendl ist kurz geschockt und dann ganz still, eigentlich hat er den Bischof nur ein bisschen ärgern wollen, so wie sie es eben oft miteinander gemacht haben, doch nun holt er zum Gegenschlag aus:

„Weißt was Bischof, ich bin nicht so ein blauäugiger Veganer wie die meisten, ich weiß, dass ich nur wenig mit meinem Tun und mit meinen Handlungen bewirken kann, aus einem einfachen Grund, weil nämlich die Anzahl der Vollidiotinnen und Vollidioten immer noch wächst, und die, die über alles nachdenken immer noch viel zu wenige sind. Aber soll ich da jetzt mitmachen und die Samstage in einem beschissenen Shopping Center verbringen, nur weil alle anderen es auch so machen? Nein Bischof, da mache ich nicht mehr mit, ich bin ein Teil der Gesellschaft und ich will es auch sein, aber deshalb muss ich sicher nicht überall mitmachen, nur weil es alle anderen tun, wenn etwas ganz eindeutig Unrecht ist. Du kannst mich jetzt dafür angreifen, mir sagen, dass ich dann auch nicht Auto fahren dürfte, dass ich nicht in die Supermärkte gehen dürfte und so weiter und so fort. Ja, ich gebe dir recht, aber wie schon gesagt, ich bin immer noch ein Teil der Gesellschaft und werde es auch bleiben. Und ob du es glaubst oder nicht, ich habe schon einige Leute davon überzeugen können, dass Fleisch essen ein Verbrechen ist. Ich meine, ich muss dir auch nicht erklären, dass Menschenhandel ein Verbrechen ist, oder Kindesmissbrauch...“

Der Kiendl spricht aber nicht mehr mit dem Bischof, denn der hat irgendwann mitten im Satz aufgelegt, und der Kiendl hat jetzt auch keine Lust mehr, ihn noch einmal anzurufen. Außerdem braucht ja der Bischof den Kiendl mehr als umgekehrt. Denn ohne Kiendl keine Informationen. Kiendl hat ja sowieso schon längere Zeit das Gefühl, dass er sich zu weit aus dem Fenster gelehnt hat. Weil er dem Ex-Polizisten Bischof viel zu viele Informationen zukommen hat lassen. Er könnte sich sogar strafbar machen, weil ein pensionierter Polizist ja gar keine Parteienstellung hat. Amtsverschwiegenheit nennt man das. Einerseits schwierig für den Kiendl, denn einen so verdienten ehemaligen Kollegen wie den Bischof gibt es selten und noch dazu verbindet die beiden ja eine Freundschaft. Der Kiendl fühlt sich nun nicht besonders gut, und der Bischof macht sich Sorgen, weil irgendwie hat er sich jetzt ja eine Tür zugeschlagen mit dem Kiendl-Streit, aber der Ärger über ihn ist einfach zu groß gewesen. Noch am selben Abend kommt Dana mit dem Zug aus Bosnien in Graz an, und dem Bischof geht es auf einen Schlag um Vieles besser.

20

Bischof ist noch immer sauer auf den Kiendl. Er will ihn so lange nicht anrufen, bis sich dieser bei ihm entschuldigt hat. „Kindesmissbrauch mit Fleisch essen vergleichen, dem haben sie wohl ins Hirn geschissen.", brummt der Bischof vor sich hin.

Nun aber ist Schlafenszeit und Dana wartet in einem wunderbaren kurzen Hemd auf den Bischof, das dessen Laune gleich wieder hebt.

So schnell könnt Ihr gar nicht schauen, wie der Bischof im Bad verschwindet. Ein paar graue Haare ausgezupft, Zähne geputzt und rein ins Schlafzimmer zu Dana.

Doch genau jetzt läutet das Handy und „Unbekannte Nummer" erscheint wieder einmal auf dem Display. „Wer zum Teufel ruft genau jetzt an?", denkt sich der Bischof, „Was kann ausgerechnet jetzt so wichtig sein?" Endlich hört das Telefon zu klingeln auf, aber nach einer Minute läutet es erneut. Wieder „Unbekannte Nummer", und die Großbuchstaben scheinen den Bischof förmlich anzuschreien. Aber nichts da, jetzt ist Zeit für die Liebe und sicher nicht für einen gerichtsmedizinischen Befund oder die telefonische Befragung eines Institutes. Diesmal dauert es fünf Minuten, bis das Telefon wieder läutet, und jetzt reicht es dem Bischof, er will das Ding abschalten, als er sieht, dass es nun der Kiendl ist.

Er will zum Telefonieren in den Vorraum gehen, um Dana nicht mit seinem Zeugs zu stören, aber da steht Johannes und zieht sich gerade seine Schuhe an. Bischof schaut ihn fragend an, und Johannes fühlt sich ertappt.

Bischof: „Was machst da, Johannes?"

Johannes: „Ich muss kurz raus."

Bischof: „Du kannst da jetzt aber nicht alleine raus, es ist schon viel zu spät. Du kannst morgen von der Schule zu Hause bleiben, aber alleine lasse ich dich nicht auf die Straße, ich habe die Verantwortung für dich. Du weißt, die wollen dich woanders unterbringen, wenn es hier nicht klappt, also bitte, sei vernünftig!"

Johannes: „Ich muss nur ganz kurz zu deinem Auto, weil ich dort mein Buch vergessen habe."

Bischof: „Bub, du sollst versuchen zu schlafen, aber wenn es dir wirklich so wichtig ist, dann gehen wir gemeinsam runter, warte nur kurz, ich bin gleich wieder da."

Währenddessen läutet ununterbrochen Bischofs Handy, es schreit „Heb ab! Heb ab!" im Sekundenabstand, und Bischof zieht sich nun ins Klo zurück, um in Ruhe das Gespräch annehmen zu können.

Der Kiendl ist total aufgeregt, nicht einmal Zeit für eine Begrüßung hat er: „Keine Leichen im abgebrannten Haus. Ich würde sagen, pass ein bisschen auf bis morgen früh! Ich schicke dir sicherheitshalber einen Streifenwagen vorbei, der soll vor dem Haus parken und ein bisschen auf euch achtgeben. Ich glaube, es könnte durchaus sein, dass jemand den Johannes heute Nacht abholen möchte. Ob Mafia, Re-

191

nate, Schurl, oder wer weiß ich sonst noch alles in Frage kommt."

Kiendl legt gleich wieder grußlos auf. Bischof geht zurück zum Johannes, und was dann passiert, mit dem hätte nicht einmal der Bischof gerechnet, und der hat wirklich schon viel erlebt in seiner Karriere. Im Vorraum steht noch immer der Johannes und in der Eingangstür stehen die Renate und der Schurl, die gerade ihren Sohn abholen wollen, um dann scheinbar gleich wieder zu verschwinden.

Bischof: „Halt! Was wird da gespielt? Seid´s ihr komplett irre?"

Der Schurl betritt jetzt ruhig den Raum, öffnet sein Sakko und zieht eine Pistole aus einer anscheinend eigens dafür eingenähten Tasche.

„Tut mir leid, Bischof! Das muss jetzt sein!", sagt er gelassen. Renate kommt auch herein und schließt hinter sich die Tür. Dann verschwindet sie mit Johannes in dessen Zimmer.

Der Bischof fürchtet, dass sein letztes Stündchen geschlagen hat. Er versucht, an das Handy in seiner Hosentasche zu kommen, erwischt aber die Fototaste und verrät sich mit dem Auslösergeräusch.

Schurl: „Bischof, sei nicht blöd, her mit dem Telefon!"

Der Bischof händigt seinem ehemals besten Freund das Telefon aus, während der weiter auf ihn zielt.

Bischof: „Sag einmal, hast du die ganzen Leute umgebracht?"

Der Schurl lächelt nur gekünstelt und mit einem Blick in Richtung Zimmer, in dem Renate mit dem gemeinsamen Sohn verschwunden ist, meint er: „Nicht alle."

Dann setzt er sich aufs Sofa, und es scheint, dass er da auf Renate warten will. „Vielleicht den einen oder anderen.", der Schurl sagt das mit einem hämischen Grinsen, so hat ihn der Bischof noch nie reden gehört.

„Renate, kommst dann bald einmal raus?!", ruft er dann ungeduldig, doch die Renate kommt nicht. Nicht einmal gehört hat sie ihn, wie es scheint. Eine verflixte Situation, denn selbst solche Leute wie Schurl und Renate haben Skrupel bei dem Gedanken, einen Menschen vor ihrem Sohn zu töten.

Bischof: „Ihr glaubt wohl nicht im Ernst daran, dass ihr jetzt von den Versicherungen noch Geld bekommt, falls ihr auf das aus seid. Selbst wenn ihr es schafft zu verschwinden, Geld werdet ihr dann keines haben. Arm in Übersee ist auch nicht lustig, da sind unsere Häfn vielleicht angenehmer."

Der Schurl lächelt arrogant: „Bischof, deinen Polizisten Psycho-Scheiß kannst dir sparen. Ich kenne dich zu lange, dass du mich mit dem Kram aufhalten kannst. Zeit schinden kannst beim Fußball.", sagt der Schurl grinsend und sieht den Bischof verächtlich an.

Bischof: „Also bist das im Stadion doch du gewesen!"

Der Schurl lacht wieder hämisch: „Heast Renate, tu endlich weiter!"

Renate: „Ein paar Minuten noch, bis das Mittel wirkt und er schläft." Offensichtlich hat sie dem Johannes ein Schlafmittel gegeben, damit er das, was nun folgen soll, nicht mitbekommt.

Dem Bischof wird es jetzt richtig mulmig.

„Die Leute, die mich hier überfallen haben, waren das deine? Wenn ja, dann verstehe ich den Sinn hinter der ganzen Aktion nicht.", sagt der Bischof.

„Bischof, du verstehst Vieles nicht und das hier einmal ganz sicher nicht, und jetzt hör auf damit, von mir bekommst du keine Informationen. Das kannst du bei deinen Kleinganoven am Griesplatz so machen, aber bei mir zieht das nicht! Aber weil es eh egal ist, und du sowieso niemandem mehr etwas erzählen wirst, ja, die beiden waren von mir. Du bist mir zu lästig gewesen und eine kleine Abreibung hätte dich davon abschrecken sollen, weiter nach mir zu suchen", sagt der Schurl, mittlerweile schon ziemlich genervt.

Bischof: „Aha, du kennst mich aber wirklich schlecht! Du solltest wissen, dass ich dann um so neugieriger werde. Oder hätten sie mich erschlagen sollen in meiner Wohnung? Waffen haben sie nämlich keine dabei gehabt. Würde mich wirklich interessieren, wie ihr Auftrag gelautet hat. Geredet haben die bis heute nicht. Entweder sind das Leute von der Mafia, die du kennst, oder du hast ihnen so viel Geld gegeben, dass es sich, selbst wenn sie in den Häfn gehen, noch immer rentiert."

Der Schurl verdreht die Augen und antwortet nicht. Er will nun keine Zeit mehr verlieren. Er geht zur Zimmertüre, hinter der Johannes und Renate verschwunden sind, ohne den Bischof auch nur eine Sekunde aus den Augen zu lassen. Mit dem Ellbogen öffnet er die Türe, ohne dabei auch nur einen Moment damit aufzuhören, auf Bischofs Kopf zu zielen. Plötzlich scheint er zu stolpern, ein Schuss, und Bischof weiß, es ist vorbei.

Er hat schon mit dem Leben abgeschlossen, doch so hat er sich den Tod nicht vorgestellt. Er öffnet langsam die Augen und will gerade seinen Körper verlassen um empor zu schweben, so wie es angeblich nach dem körperlichen Tod Brauch sein soll.

194

Doch da sitzt er noch immer in seinem Wohnzimmer, und der Schurl liegt vor seinen Füßen in einer riesigen Lacke Blut. Dahinter steht Dana, die Waffe auf Renate gerichtet, daneben schläft Johannes. Renate sitzt stumm mit aufgerissenen Augen da und schaut den Bischof an. Eine so große Wohnung hat schon ihre Vorteile. Das Zimmer von Johannes hat zwei Türen, und das hat Dana geschickt ausgenutzt und Renate überrascht. Trotz der wahnsinnigen Tragödie ist der Bischof total von Dana beeindruckt. Sie hat den Schurl mit Bischofs privater Pistole erschossen und sich nach dem finalen Schuss wie eine Agentin zu Renate umgedreht, um sie in Schach zu halten. Bischof will gar nicht wissen, wo die Dana das gelernt hat.

Johannes scheint mittlerweile im Tiefschlaf zu sein. Die Medikamente dürften ordentlich gewirkt haben. Er hat scheinbar nichts mitbekommen, genauso wenig wie die Nachbarn.

Renate sitzt wie erstarrt neben ihrem Sohn. Nicht einmal weinen kann sie. Sie schaut in Schurls Richtung, der ganz eindeutig sein Leben ausgehaucht hat.

Der Bischof setzt sich auf dem nächsten Stuhl, den er findet, wortlos und schockiert und zu gar nichts mehr fähig. Er ist nicht einmal mehr dazu in der Lage, sich bei Dana für die Rettung zu bedanken. Sie verständigt jetzt die Polizei und ruft auch den Kiendl an.

Bischof sitzt lethargisch da und kann keinen klaren Gedanken fassen. Er blickt zu Dana. Es ist nicht mehr und nicht weniger, was er sagen kann: „Danke!", und er starrt an die Wand, die so weiß ist wie sein Gesicht.

21

Darf sich ein Ex-Polizist in einen Fall einmischen, in dem er offensichtlich eine nicht unbeachtliche Rolle spielt? Nein, das darf er nicht. Aber dafür ist ja der Kiendl da, der das Verhör heute führt:

Kiendl: „Frau Petzler, wollen Sie uns Ihre Version der ganzen Geschichte erzählen?"

Renate: „Was wollen Sie hören? Ich habe mit der ganzen Sache nichts zu tun, absolut gar nichts."

Kiendl: „Und das sollen wir Ihnen glauben? Schauen Sie einmal, was wir bei Ihnen zu Hause alles gefunden haben. Da hätten wir einmal eine Lebensversicherung, abgeschlossen auf Ihren Mann, falls ihm etwas zustoßen würde. Weiters ist es eine Tatsache, dass Ihre Firma kurz vor dem Ruin stand, dass Ihr Mann spielsüchtig war und enorme Schulden gemacht hat. Er hat Kontakte zu, sagen wir einmal, mafiösen Gestalten gepflegt, die unseren Kollegen allesamt sehr gut bekannt sind. Nicht nur in Österreich. Wollen Sie uns dazu etwas sagen?"

Renate: „Dazu kann ich nichts sagen, das waren seine Geschichten."

Kiendl: „Das wollen Sie mir jetzt aber nicht weis machen, oder? Sie haben doch mit Ihrem Mann gemeinsam den Bischof töten wollen. Das wissen wir. Für Sie wäre die Situation einfacher, wenn Sie uns jetzt die Wahrheit sagen würden."

Renate: „Ich kann wirklich nichts Konkretes sagen. Von der Spielsucht weiß ich erst, seitdem wir die ersten Rechnungen nicht mehr bezahlen konnten. Das habe ich aber dem Bischof auch schon einmal nach dem Verschwinden vom Schurl erzählt.

Jedenfalls hat es eine alte Lebensversicherung gegeben, falls dem Schurl etwas passiert, dass dann der Rest der Familie wenigstens keine Geldsorgen mehr hat. Als dem Schurl das Wasser bis zum Hals gestanden ist, ist er auf die glorreiche Idee gekommen, mit den Leuten, denen er Geld schuldet, Kontakt aufzunehmen, und ihnen diesen Vorschlag zu machen. Er wollte sich von denen sozusagen offiziell ermorden lassen. Die hätten dann ihr Geld zurückbekommen, und wir wären schuldenfrei gewesen und hätten irgendwo in Ruhe leben können. Das war der Deal. Dass die Dinge dann derart aus dem Ruder laufen, das hat natürlich niemand wissen können, und diese Leute haben dann auch den Burschen in Bosnien getötet. Damit wollten wir nichts zu tun haben."

Kiendl: „Aber Ihnen ist schon klar: ohne Leiche, kein Geld von den Versicherungen?"

Renate: „Nicht bei einem Unglück auf hoher See. Da kann man die Person nach sechs Monaten für tot erklären lassen."

Kiendl: „Das habe ich nicht gewusst. Also wollten Sie den Schurl auf eine Kreuzfahrt schicken?"

Renate: „So ähnlich. Ein Yachtausflug auf stürmischer See hätte auch genügt. Mehr sage ich aber jetzt nicht dazu, weil ich es erstens nichts weiß und zweitens, selbst wenn ich es wüsste, dann würde ich Ihnen die Geschichte nicht erzählen. Ich schneide mir nicht ins eigene Fleisch".

Kiendl: „Okay, dann kommen wir zum Damir Hautzenbichler. Was ist da passiert, und warum ist er getötet worden?" Die Renate erschreckt, fasst sich aber gleich wieder.

Renate: „Damit haben weder mein Mann noch ich etwas zu tun. Der hat sich anscheinend ein Stück von unserem Kuchen abschneiden wollen, und das dürfte gewissen Leuten in Bosnien nicht gefallen haben."

Kiendl: „Okay, das werde ich Ihnen wohl glauben müssen. Die Kollegen in Bosnien arbeiten jedenfalls mit Hochdruck an der Aufklärung. Er dürfte der Sohn eines Lokalpolitikers gewesen sein. Dort hat die Geschichte ziemliche Wellen geschlagen. Und mit dem Tod von Gerlinde Stabik, bekannt als Gerli, haben Sie natürlich auch nichts zu tun?"

Renate: „Nein."

Kiendl: „Wir sind überzeugt, dass sie ermordet worden ist, und wir werden das auch beweisen. Sie haben die Hütte in der Obersteiermark gekannt? Haben Sie gewusst, dass Ihr Mann immer wieder seine Zeit dort verbracht hat? Sie können mir nicht erzählen, dass Sie von dieser Hütte nichts gewusst haben."

Renate schweigt und starrt an die Decke.

Kiendl: „Wollen Sie nichts dazu sagen? Ich meine, es wäre gut für den Prozess, der Ihnen bevorsteht. Soll ich Ihnen sagen, was ich denke? Ich denke, dass Frau Stabik zufällig auf etwas gestoßen ist, das Ihrem Mann zum Verhängnis hätte werden können. Ich denke da etwa an Telefonate, die sie mitbekommen oder Nachrichten, die sie gelesen hat. Der Bischof hat sie als etwas naiv aber nicht dumm beschrieben. Was ist aber, wenn sie eine gute Schauspielerin war und ihrem Mann und meinem Ex-Kollegen ihre Naivität nur vorgespielt hat? Wir haben uns ein bisschen in ihrem Freundes- und Bekanntenkreis umgehört. Auch ihren Lebenslauf haben wir uns angesehen. Die Dame ist alles andere als naiv oder gar blöd. Wir

198

glauben ja, dass diese Gerli Sie erpresst hat oder dass ihr Wissen einfach zu gefährlich geworden ist und Sie und Ihr Mann sie beseitigt haben. Das Ganze getarnt als Bergunfall. Das alles noch im Beisein eines Ex-Polizisten. Nur blöd, dass Sie den von hinten niedergeschlagen haben. Sie haben wohl Angst gehabt, dass er Sie beide sieht und sind deshalb auf Nummer sicher gegangen. Warum haben Sie aber nicht auch gleich den Bischof um die Ecke gebracht?"

Renate: „Das entspringt jetzt aber wirklich nur Ihrer lebhaften Phantasie. Schurl und schon gar nicht ich, wir sind ganz sicher nicht dazu fähig, jemanden zu töten. Den Bischof wollten wir auch nur einschüchtern in seiner Wohnung, eigentlich wollten wir unseren Sohn abholen, ohne dass der Bischof es bemerkt. Dass das nicht geklappt hat, war ein dummer Zufall."

Renates Mimik verrät, dass sie mittlerweile etwas ärgerlich wird. Ihre anfängliche Lethargie ist am Verschwinden. Der Norbert Kiendl, der weiß, wie man Leute aus der Reserve locken kann.

„Schauen Sie, unsere Spurensicherung hat natürlich nicht geschlafen, und wir haben DNA-Spuren von Ihnen und von Ihrem Mann in der Hütte gefunden. Der Bischof hat dort ja mit Hilfe von Gerlinde Stabik Ihren Mann gesucht. Sie wissen, dass Ihr Mann mit der Dame ein intimes Verhältnis hatte?"

Die Renate zuckt zusammen und ist trotz ihrer ansonsten sehr guten schauspielerischen Fähigkeiten überrascht. Überrascht, dass das der Polizei bekannt ist, oder dass sie es zumindest vermuten. Obwohl, das ist ja wirklich nicht so weit hergeholt. Wieso sonst soll der Bischof mit Gerli auf diese Hütte wollen? Renate weiß ganz bestimmt, dass Schurl und Gerli dort gewesen sind. Dort, wo sie mit dem Schurl und

199

dem gemeinsamen Sohn die schönste Zeit verbracht hat. Doch der Kiendl ist ein alter Fuchs und versucht es jetzt mit einer direkten Anschuldigung:

„Ich denke, dass Sie diese Frau in den Bergen getötet haben. Ich denke, dass Sie rasend vor Eifersucht diese Chance genutzt haben. Wissen Sie, der Herr Bischof hat mir von einem sonderbaren Ereignis am Vorabend der Tat erzählt. Er ist sich sicher gewesen, dass sich noch jemand in der Nähe der Hütte aufgehalten hat. Die Frau Stabik ist dann aber alleine raus um nachzuschauen und hat behauptet, dass da niemand war. Das hört sich für mich so an, als ob Sie dort gewesen sind und Frau Stabik zur Rede gestellt haben. Sie wollten Ihren Mann nicht weiter mit ihr teilen. Die Stabik aber war so abgebrüht und hat dem Bischof nichts davon erzählt. Habe ich recht? Und am nächsten Tag haben Sie dann die beiden verfolgt. Wo haben Sie eigentlich die Nacht bei dem strömenden Regen verbracht?"

Renate: „Nirgendwo dort, weil ich nämlich gar nicht dort war. Ich lasse meinen Sohn niemals alleine, schon gar nicht über Nacht. Das können Sie ihn ja gerne fragen, aber wahrscheinlich haben Sie das eh schon getan."

Kiendl: „Interessanterweise kann er sich an diesen besagten Abend gar nicht erinnern, obwohl er sonst so ein gescheites Kerlchen ist."

Renate: „Wir führen ein ziemlich ruhiges Leben. Jeder Abend läuft bei uns gleich ab. Nachdem der Schurl verschwunden ist, noch mehr."

Kiendl: „Geh bitte, das soll ich Ihnen jetzt glauben? Entweder hat Ihr Mann diese Frau selbst getötet oder Sie waren es, oder gar Sie beide. Das werden die Staatsanwaltschaft und der Richter beurteilen, ob das glaubwürdig ist, was Sie mir hier auftischen wollen.

Nur, eines muss Ihnen klar sein. Es stehen Ihnen viele Stunden Verhör bevor, und jedes Wort und jede Aussage wird mit Ihren anderen abgeglichen werden. Ob Sie das durchstehen werden oder ob Ihr Lügengerüst zusammenbrechen wird, das werden wir dann ja sehen."

Renate: „Es gibt nichts, was da zusammenbrechen könnte! Ich sage die Wahrheit!"

Kiendl: „Das beurteile ich dann nicht mehr. Eines ist allerdings sicher, wenn Sie nämlich lügen und Ihnen das nachgewiesen werden kann, dann wird die Strafe auch dementsprechend höher ausfallen."

Renate: „Ich sage jetzt sowieso nichts mehr. War eh das schon zu viel."

Kiendl: „Das ist Ihr gutes Recht. Aber wir sind knapp dran, Ihnen alles nachzuweisen. Es ist nur eine Frage der Zeit."

Renate: „Mein Gewissen ist rein. Es gibt nichts, wovor ich mich fürchten müsste, weil ich nichts getan habe."

Kiendl: „Das sehen meine Kollegen und die Staatsanwaltschaft ein bisschen anders. Aber vielleicht schließen sich ja der Richter und die Geschworenen Ihrer Geschichte an. Wir werden sehen."

Der Kiendl steht wortlos auf, verabschiedet sich knapp und geht Richtung Ausgang. Bevor er die Türe zu ihrer Zelle schließen lässt, dreht er sich nochmals kurz um: „Wir machen morgen weiter und übermorgen, und wenn es sein muss noch wochenlang. Überlegen Sie sich, ob Sie das wollen."

Renate schaut ihn schweigend an und wendet sich mit einem Murmeln wieder ab. Diese Bemerkung hat der Kiendl nicht verstanden. Etwas Freundliches war es wohl sicher nicht.

Diese Renate scheint tatsächlich eine harte Nuss zu sein. Eine Frau, die sich den Tod ihres Mannes nun zum Vorteil macht, denn einen Toten kann man nicht mehr bestrafen, und man kann ihn deshalb auch benutzen. Sie scheint sich eine geschickte Strategie zurecht gelegt zu haben und es schaut derzeit sogar danach aus, als könnte diese aufgehen.

Doch der Kiendl und der Bischof wären nicht der Kiendl und der Bischof, hätten sie sich nicht auch schon längst eine Strategie zurechtgelegt, um Renate zu überführen. Die beiden wissen, wie auch immer sie in den Fall verstrickt ist, die Renate steckt da sicher tiefer drinnen, als sie es zugegeben hat. Mit den DNA-Spuren war der erste Schritt getan. Und diese waren eindeutig. Aber mit DNA-Spuren in deren eigener Hütte kann man nicht wirklich etwas beweisen. Und auf Gerlis Leiche ist nichts zu finden gewesen.

Zu rekonstruieren, wie Gerlinde Stabik zu Tode gekommen ist, das ist jetzt ihre Aufgabe. Aber wenn für jeden Menschen, der bei einem vermeintlichen Bergunfall in Wahrheit ermordet worden ist, eine Kerze brennt, dann wären die Berge bei uns in der Nacht wohl hell erleuchtet. Dort oben ist alles viel schwieriger nachzuweisen, oft herrscht auch noch schlechtes Wetter. Die Spurensicherung hat es dort wirklich nicht leicht. Die Toten tauchen oft erst nach Tagen, Wochen, Monaten oder gar Jahren auf, und dann noch DNA finden oder ein Tatmotiv, das ist nicht einfach. Da bleibt es oft beim bloßen Verdacht, und wenn die Verdächtigen nicht ganz blöd sind, dann kann ihnen auch nichts nachgewiesen werden.

Außer es gibt Zeugen. Aber es ist so gut wie auszuschließen, dass auch nur ein Mensch die beiden gesehen haben könnte. Hätte es Zeugen gegeben, die hätten sich doch schon längst gemeldet.

202

Man hat auch Jäger bezüglich Wildkameras befragt, weil es ja möglich gewesen wäre, dass dort etwas Brauchbares hätte drauf sein können. Aber auch da hat man nichts gefunden.

22

Nach Renates Entlassung aus der U-Haft ist dem Bischof klar, dass er und der Kiendl sie unter Beobachtung stellen müssen. Der Tag wird kommen, an dem sie einen Fehler macht und ihren Verdacht bestätigt. Doch die Renate ist eine kluge Person und keine von denen, die die Nerven so einfach wegschmeißen. Keine, die beim ersten Verhör zusammenbricht. Sie ist schlau, und sie hat strategisches Talent.

Der Bischof lauert stundenlang vor ihrer Wohnung, in die sie nach dem Brand gezogen ist. Das, was vom Haus übrig geblieben ist, ist nicht mehr in ihrem Besitz, und auch die Hütte in den Bergen ist schon versteigert worden. Die Mafia scheint sie in Ruhe zu lassen, dort sieht man wohl keine Chance mehr, Schurls Spielschulden einzutreiben.

Der Februar zeigt noch einmal, was der Winter kann, und in Graz schneit es das erste Mal seit Jahren so richtig. Die Renate verlässt mit ihrem Auto die Tiefgarage und fährt Richtung Innenstadt. Der Schnee ist so ein richtiger Patzen, ein schwerer Schnee, der beim Schaufeln unangenehm picken bleibt. Bischof will die Verfolgung aufnehmen, aber er schafft es nicht, weil sich nach der ersten Kreu-

zung ein Schneeräumgerät vor ihn reindrängt, und er
die Renate verliert.

Er gibt verärgert auf und muss den Kiendl anrufen. Der hat den Zugang auf dem Computer zum Pro-
gramm, mit dem man Renates Auto orten kann. Ein
kleiner Tracker ist nämlich seit einigen Tagen ihr
ständiger Begleiter. Der Kiendl hat das Ding an ihrem
Auto montiert. Fast unsichtbar. Das ist jetzt vielleicht
nicht ganz nach Dienstvorschrift, weil der Bischof
das eigentlich alles gar nicht wissen darf.

Das Ergebnis ist ernüchternd. Die Renate fährt zu
ihrer Kosmetikerin, dann in den Citypark und
schlussendlich noch ins Cafe Temmel nach Puntigam,
zu einem kleinen Plausch mit einer Freundin. Da ist
der Bischof aber schon wieder an ihr dran. Sein Hirn
rattert. Wie kann er die Renate aufscheuchen, damit
sie einen Fehler macht? Er ist sich ganz sicher, so sicher wie wahrscheinlich noch nie, dass sie zumindest
von dem Mord an Gerli gewusst hat, wenn sie diesen
nicht überhaupt selber geplant oder gar ausgeführt
hat. Gemeinsam mit dem Schurl.

Endlich verlässt sie das Lokal und steigt wieder in
ihr Auto ein. Bischof folgt ihr unauffällig. So unauffällig es eben geht. Sie steuert in Richtung Seiers-
berg, und der Bischof vermutet schon, dass sie jetzt
weiter einkaufen wird, doch sie fährt an dem grauen-
haften Einkaufs-Komplex vorbei und biegt dann ab in
Richtung Buchkogel. Dann geht es den Berg hinauf
und an einer Buschenschänke vorbei. Der Bischof
bleibt auf Abstand und in Verbindung mit dem
Kiendl, der ihn immer über den genauen Standort von
Renates Auto informiert.

Nun scheint sie angehalten zu haben, und der
Bischof bleibt auch stehen, er steigt aus und läuft die
Straße hinauf, in der Hoffnung, dass Renate ihm nicht

entgegenkommt. Was aber nicht anzunehmen ist, weil der Wanderweg ja in die andere Richtung führt. Als der Bischof bei ihrem Auto ankommt, an einer kleinen Kreuzung, sind da mehrere Fahrzeuge. Wanderer, Läufer oder Spaziergänger.

Nun wird es aber schon langsam finster, und er muss sich entscheiden, wie er gehen soll. Er beschließt, den Weg zur Rudolfswarte zu nehmen. Eigentlich erwartet er sich von dieser Verfolgung zu Fuß nicht wirklich viel. Renate wird halt ein bisschen spazieren gehen. Langsam kommen dem Bischof richtige Zweifel. Vielleicht hat er sich da wirklich in etwas verrannt? Vielleicht gibt es bis auf die Damir-Geschichte auch gar keinen Mord?

Im abgebrannten Haus der Schurl-Familie sind keine Leichen gefunden worden, und damals ist sich der Bischof sogar sicher gewesen, dass dort die tote Renate sein müsste. Und nach ihrer Verhaftung hat er damit gerechnet, dass sie wegen Beihilfe an mehreren Verbrechen verurteilt werden würde. Nie im Leben hätte er daran gedacht, dass er sie noch einmal verfolgen wird.

Das Tageslicht ist nun ganz verschwunden, und der Bischof muss wirklich achtgeben, wohin er läuft. Er stolpert nicht nur einmal über Wurzeln und Steine. Er muss ja auch leise sein, denn theoretisch könnte sich die Renate ganz in seiner Nähe aufhalten.

Plötzlich sieht er vor sich ein Licht und in dem Lichtschein Renates Profil. Sie trägt eine Stirnlampe und geht langsam den Hang hinauf.

Der Bischof kann sich nun ganz sicher sein, dass die Rudolfswarte ihr Ziel ist. Er kennt dieses Gebiet wie seine Westentasche, aber nach dem Schneefall scheint sich der aufgeweichte Boden in einen Sumpf

206

verwandelt zu haben, und das Gehen ist heute besonders mühsam.

Dann ist Renate oben angelangt. Der Bischof bleibt stehen und beobachtet sie. Da dreht sie sich plötzlich um und kommt zurück herunter in seine Richtung. Er zuckt zusammen und geht in Deckung. Geradewegs kommt sie jetzt auf ihn zu. Und dann, zehn Meter vor ihm, bleibt sie plötzlich stehen.

„Bischof! Komm raus! Ich weiß, dass du da bist!" Ihre Stimme überschlägt sich und verhallt im mittlerweile stockdunklen Wald. Der Bischof gibt sich nicht zu erkennen, er ist fast beruhigt, weil sie ihn nicht gesehen hat, als er plötzlich kaltes Metall an seiner Schläfe spürt.

„Guten Abend, Herr Bischof!", sagt eine Männerstimme, und der Bischof kann sich sehr gut erinnern, wem diese Stimme gehört. Das ist der Mafioso aus Bosnien, der ihm den Auftrag gegeben hat, den Schurl zum Begleichen der Schulden zu bewegen.

„Haben Sie unsere Abmachung vergessen?", meint der Mafioso ruhig, und die Ruhe in seiner Stimme nimmt dem Bischof jetzt ein wenig die Angst.

Bischof: „Ich habe noch keine Gelegenheit gehabt, mit dem Schurl zu sprechen."

Mafioso: „Ich weiß, dass er tot ist, und dass Sie für seinen Tod verantwortlich sind, und nicht nur das, Sie sind ein verdammter Schnüffler, der keine Ruhe geben kann. Das ist ungesund, das sollten Sie wissen. Kommen Sie, wir gehen."

Die Renate steht mit versteinerter Miene da und schaut den Bischof verächtlich an. Zu dritt marschieren sie dann zur Rudolfswarte, die wegen Renovierungsarbeiten gesperrt ist. Weit und breit kein Mensch. Nur die Aussichtswarte, die Baustelle und die drei Leute, die unterschiedlicher nicht sein könnten.

Der Mafioso räumt die Baustellen-Absperrung weg und die beiden lassen den Bischof vorausgehen. Es ist eine enge Wendeltreppe, die zur Warte hinauf führt. Man kann da nur hintereinander gehen.

Renate: „Na geh schon Bischof, wir haben noch so einiges zu besprechen!"

Diese Worte beruhigen den Bischof wieder ein bisschen, denn wenn es nichts mehr zu besprechen gegeben hätte, dann wären das jetzt wohl seine letzten elf Meter gewesen. Das kann er sich zumindest so vorstellen.

Der Mafioso ist der, der den beiden nachfolgt. Irgendwie dürfte er unten noch etwas zu erledigen gehabt haben.

Oben angekommen, haben sie die schönste Aussicht auf Graz, was dem Bischof trotz allem nicht entgeht. Der Mafioso ist mit einem Absperrband und einem größeren Stein nun auch bei ihnen angelangt.

Das beunruhigt den Bischof nun doch wieder. Weil zum Besprechen, da braucht man kein Absperrband und schon gar keinen Stein.

Bischof: „Was habt ihr jetzt vor? Wollt ihr mich umbringen? Mein Kollege weiß genau, wo ich bin, und dass auch Renate da ist. Wir haben dein Auto mit einem Tracker versehen. Falls ihr mich umbringt, ist es auch mit euch beiden vorbei!"

Renate: „Deine Schlampe hat mir den genommen, den ich neben meinen Sohn am liebsten hatte. Jetzt wird auch sie erfahren, wie es ist, einen geliebten Menschen zu verlieren. Wäre sie nicht gewesen, dann hättest du schon alles überstanden, und meine Familie und ich, wir wären auch schon dort, wo wir gemeinsam hinwollten."

Bischof: „Das war eine Falle heute? Ihr hättet mich so und so getötet?"

Renate: „Wenn du nicht so neugierig gewesen wärst, dann hätten wir dich in Ruhe gelassen, aber du weißt ja wirklich nicht, wann genug ist. Jetzt ist es vorbei, und niemand kann dir mehr helfen."

Bischof: „Wieso das ganze Theater am Anfang mit dem Verschwinden vom Schurl aus dem Wirtshaus? Mir ist klar, dass er mich nur benutzt hat."

Mafioso: „Tja, wenn Sie damals besser aufgepasst hätten, dann hätten Sie mich gesehen. Der Herr Petzler hat zu dem Zeitpunkt ein wenig Angst vor mir gehabt. Ich habe ihn dort auf der Toilette zur Rede gestellt, und dieser Idiot ist, warum auch immer, in Panik aus dem Fenster gesprungen. Wir haben erst am nächsten Tag das Gespräch weitergeführt, und dann hat er eingewilligt. Er ist kooperativ geworden, wie man so schön sagt. Aber Sie haben gleich ein Drama daraus gemacht und haben begonnen, zu schnüffeln. Das hat dann die Kettenreaktion ausgelöst. Und darum sehen wir uns heute hier wieder. Das war so aber nicht geplant."

„Und du hast die Gerli getötet, aus Eifersucht!", sagt der Bischof in Richtung Renate.

Renate: „Geh, aus Eifersucht sicher nicht, nicht auf die. Die hat doch für den Schurl überhaupt keine Bedeutung gehabt. Ihm hat nur ihre Verdorbenheit gefallen, so etwas habe ich ihm nicht geben können. Aber sie ist auch fast so neugierig gewesen wie du, Bischof. Und wenn man auf einer Wochenendhütte in Akten herumschnüffelt, dann kann das sehr ungesund sein. Dann ist sie halt abgestürzt, ein Unfall. Für uns ein glücklicher Zufall, weil wir nicht einschätzen konnten, was sie da in ihrer nächtlichen Neugier alles gelesen und gesehen hat."

Bischof: „Ein Unfall also, wer's glaubt wird selig. Außerdem bist du eine gute Schauspielerin, von wegen, du wolltest dich vom Schurl trennen. Du hast mich die ganze Zeit nur verarscht."

Die Renate rollt mit den Augen und meint dann kühl: „Ein Unfall, ja, so ein Unfall passiert schnell, gleich wie sich so mancher Ex-Polizist schon das Leben genommen haben soll. Depressionen sind weit verbreitet. Du hast ja ein Burnout gehabt und so was ist ja immer eng mit Depressionen verbunden, oder? Da kann man schon depressiv werden, zuerst ein Leben für die Polizei und dann auf einmal Frühpension. Da kann es schon passieren, dass man auf die Rudolfswarte geht und sich hinunterstürzt, genau auf die einbetonierten Eisenstangen, die da unten herausragen."

Der Bischof schaltet ab. Der Mafioso geht einen Schritt auf ihn zu, bindet ihm das Absperrband um den Kopf und wickelt es über seinen Mund, so fest, dass es sich nicht lösen lässt, und der Bischof auch sicher nicht mehr um Hilfe rufen kann. Am anderen Ende ein schwerer Stein.

Mafioso: „Der muss sein, wir müssen sicher gehen, dass Sie mit dem Kopf zuerst aufschlagen."

Er sagt es und stößt ihn über die Brüstung. Der Bischof ist gedankenleer, und als er unten aufkommt, ist er auf der Stelle tot.

Der Mafioso läuft schnell hinunter zu ihm, um das verräterische Band von seinem Kopf zu entfernen, dann lässt er ihn so liegen. Renate folgt dem Mann nach unten, dann gehen die beiden schnell die zwanzig Minuten zu ihrem Auto zurück.

Als Renate und der Mafioso schon fast beim Auto sind, bricht über sie ein Szenario herein, das sie nicht erwartet hätten.

Der Kiendl und der Bischof haben seit dem Vorfall in Leibnitz, als der Bischof niedergeschlagen und eingesperrt worden ist, eine Vereinbarung. Anruf und laufen lassen, falls einem etwas komisch vorkommt, und genau das hat der Bischof vorher getan, als die Renate plötzlich auf ihn zugekommen ist. Der unbewaffnete Bischof hat auf seinem Handy in der Hosentasche über die Kurzwahltaste schnell Kiendls Nummer gewählt, wie er es so oft geübt hat.

Wenn es so etwas wie einen Sturm von Polizisten gibt, dann ist das hier einer, der jetzt über die beiden Mörder hereinbricht. Aus allen Richtungen kommt ihnen Polizei entgegen, und ehe sie das realisiert haben, liegen sie auch schon auf dem Asphalt und werden mit Handschellen gefesselt.

Währenddessen ist der Kiendl mit Hilfskräften in einem geländetauglichen Auto zum Bischof unterwegs. Aber der ist schon tot, kein Lebenszeichen mehr von ihm, von dem Mann mit dem er noch vor kurzer Zeit gestritten hat.

Es ist vorbei.

Bibliografische Information der Deutschen Nationalbibliothek:
Die Deutsche Nationalbibliothek verzeichnet diese Publikation
in der Deutschen Nationalbibliografie; detaillierte bibliografische
Daten sind im Internet über dnb.dnb.de abrufbar.

© 2018 Jochen Krieger

Herstellung und Verlag: BoD – Books on Demand, Norderstedt

ISBN 978-3-7460-4917-5

FSC
www.fsc.org

MIX

Papier aus ver-
antwortungsvollen
Quellen
Paper from
responsible sources

FSC® C105338